驚いて目を開き、その身体を押し戻そうとしたのだが、舌はそのまま深く俺の中に入り込み、激しい口づけへと変わる。

ワンコとはしません！

火崎《ひざき》 勇《ゆう》

ILLUSTRATION：角田《つのだ》 緑《りょく》

ワンコとはしません！

LYNX ROMANCE

CONTENTS

ワンコとはしません！

花岡家《はなおか》の主《あるじ》、俺《おれ》の父親は、いい加減な人だった。

よく言えばポジティブ、悪く言えばチャランポランな人だ。

俺の母親と結婚した時も、誰《だれ》にも相談なく当時既に築二十年だった一軒家を買った。

もちろん、金が余っていたわけではない。

父《とう》さんとしては、田舎の両親を呼び寄せて一緒に住むつもりだったらしいのだが、祖父母は農業を営んでいて引っ越すわけにもいかず、当人達《たち》も田舎暮らしが気に入っていたのできっぱりと断られてしまった。

だが祖父母に話を打ち明けたのは既に家を購入した後。

父としては祖父母の資金援助を期待していたのに、それも断られ、新婚当初から両親はローンを抱えて共働きとなった。

なので、俺が物心ついた時には、古くて広い家に親が戻ってくるまでたった一人。幼稚園に預けられ、戻って来ると子供部屋から一歩も出てはいけないと言われていた。

危険を回避させるためだというのはわかっていても子供には怖くて寂しい時間。

流石《さすが》にそれは可哀想《かわいそう》と思ったのか、母親は一匹の子犬を貰《もら》ってきてくれた。

スーパーの掲示板に貼《は》られていた『子犬あげます』のチラシの写真を見て、母さんはこれだと思い、すぐにその子犬を貰い受けた。

それがタロだ。

和犬とシベリアンハスキーの雑種だという、足の大きな、ふかふかの灰色の毛をした子犬は、既に少し育っていて、母はチラシの写真と違うと怒ったが、俺は一目で気に入った。

頭がよくて、人懐こくて、抱き締めると温かくて、いつも俺の側《そば》にいてくれる。

暗い部屋も、一人の時間も、タロがいるだけで、もう怖いものではなくなった。

朝、幼稚園に連れられ、戻ってくるとタロが待ってる。二人の時間、正確には一人と一匹の時間は楽しくて、両親が帰って来るのが残念なほどだった。

そして俺が孤独を感じなかったのは、もう一つ、隣家の渡海《とかい》家の人々のお陰でもある。

うちと同じくらい古いけれど、うちよりちょっと大きな渡海さんの家は、古くからここに住んでるお宅だった。

渡海のおばさんは、サバサバしてるけれど面倒見《めんどうみ》がよくて、俺が一人で幼稚園から帰って来ると聞くとよかったらうちの買い物の帰りに連れてきてあげましょうか、と申し出てくれた。

大人になったからよくわかるのだが、いくらしっかりしてても、幼稚園児が一人で帰宅というのは、やはり傍目《はため》から見ると危なっかしいと思ったのだろう。

そして一人で留守番をしてるのだと知ると、よく声をかけてくれた。

中でも一番よく面倒を見てくれたのはその家の仁司《ひとし》さんというお兄ちゃんだった。

渡海家には男一人と女二人の兄妹《きょうだい》がいて、七つ年上の仁司さんは、下が妹しかいなくてつまらなかった、男の兄弟が欲しかったと言って、よく俺と遊んでくれた。

本を読んでくれたり、タロを躾《しつ》けてくれたり、自分の友人と出掛ける時に誘ってくれたり。まるで本当のお兄さんのように。

仁司さんは、頭もよくて、運動もできて、優しくて、カッコよくて、俺の憧《あこが》れだった。

母親に、ああいうお兄さんを産んでと頼んでしまったくらいに。

俺が小学校に入って、彼が中学に上がっても、彼は毎日のように遊んでくれた。

彼が高校に入ると回数は減ったが、それでもゲームの相手をしたり、タロの散歩に一緒に行ったりと、一緒の時間を過ごした。

両親が留守でも、タロと仁司さんがいれば幸福。

学校の友人よりも、タロと仁司さんが大切。

だがそんな楽しい日々は、ある日突然終わりを告げる。

渡海のおばさんが病気になったのだ。

詳しくはわからなかったが、専門の病院に入院することになり、家族全員でその病院の近くへ引っ越すことになったらしい。

いつものようにうちに遊びにきた仁司さんからそれを聞かされた時、俺はショックの余りしばらく呆然《ぼうぜん》としてしまった。

生まれてからずっと、自分の側にいた人達がいなくなる。

誰よりも大切だった人に会えなくなる。

そんな日が来るなんて、考えたこともなかったのに。

「やだ」

俺は泣いた。

「そんなのやだ！　行かないで！」

狭い子供部屋、それまで一緒にやっていたゲーム機のコントローラーを投げ捨て、取り縋《すが》って駄々《だだ》をこねた。

まだ小さく細い俺の身体《からだ》が、仁司さんの胸にすっぽり収まる。

「うちに住めばいいじゃん。俺と一緒にいようよ」

もちろん、そんな願いが叶《かな》うわけはないのだが。必死に訴えた。

「望《のぞみ》」

仁司さんはそんな俺を抱き締めて、頭を撫《な》でた。

「仕方ないんだ。母さんの病気は重くて、どうしてもその病院に行かないといけないんだ」

「おばさんは大切だけど…、仁司さんがいなくなるのは嫌だ」

「いつかまた会えるよ」

「だって遠いとこに行くんでしょう？　俺、会いに行けないもん」

「望がずっとここに住んでれば、俺が訪ねて来るから」

「本当に？」

「本当さ、約束する。俺だって望と会えなくなるのは寂しい。大学に入ったら、東京に戻って一人暮らしをするつもりだから、すぐだよ」

「そしたら、そこに俺も住む」

「それは無理だけど、遊びにおいで」

「絶対だよ。ちゃんと連絡してね？」

「ああ。大丈夫だ。だから泣くな」

「だって…」

そう言われても、俺は仁司さんから離れなかった。

手を離したら、そのまま消えてしまいそうな気がして。

けれど結局、どんなにしがみついても、懇願しても、現実は変わらなかった。

その報告から一週間後、渡海家は引っ越して行った。

最後のトラックが出て行こうとする時も、俺は仁司さんにしがみついたままだったが、その時悲劇が起こった。

俺が仁司さんと別れを惜しんでいる間に、タロが首輪を外して逃げ出したのだ。

車を見送ってから庭に戻った俺は、空っぽの犬小屋を見て驚いた。

両親はいつものように仕事。

いつも助けてくれる仁司さんは既にトラックに乗り姿を消している。

どうしたらいいのかわからず、小学生の俺は、泣きながらタロを探して街を彷徨《さまよ》った。が…、見つけたのは車に轢《ひ》かれ、変わり果てたタロの姿だった。

大きな灰色の身体は既に動かず、頭からは血が流れ、幼かった俺に初めての『死』を見せつける。

大声で泣く俺に気づいた大人に、タロが自分の飼い犬であることを告げ、動物病院へ運んでくれるよう頼んだが、もう手遅れだと慰められただけだった。

自分の一番大切だったものが、目の前から二つ同時に消えてしまった。

それが負の連鎖の始まりだった。

それまで、俺はタロと仁司さんを見ているだけで幸福で、自分の周囲にある不幸に気づくことができなかったのだ。

だが俺の目を塞《ふさ》いでくれていた二人（一人と一匹）がいなくなると、自分の周囲の状況が見えるようになった。

結婚してすぐにローンを背負わされ、働きに出ることを余儀なくされていた母親は、もう既に父に対する愛情を無くしていた。

塞ぎこみ、引きこもるようになった俺の責任を父が『母親が側にいないからだ』と言うと、終《つい》に堪忍袋の緒が切れたのか、近隣に響くような大ゲンカをして、家を出て行ってしまった。

俺は父親の元に残されたが、元々母まで働かなくては返せなかったローンを、父一人で払い切れるはずもなく、仁司さんが引っ越してから僅《わず》か一カ月後に、両親は正式に離婚、父は家を手放すことを決めた。

ここに住んでいれば、いつかは仁司さんが訪ねてきてくれる。それだけが希望だったのに、その約束の場所すら失ってしまったのだ。

その後、父親は俺を一旦《いったん》田舎の祖父母に預けたが、暫《しばら》くすると一人暮らしは寂しいと言って俺を引き取った。

相変わらずいい加減な父親との生活は、裕福とは言えなかったが、それなりに上手《うま》くやっているつもりだった。

父さんが俺を頼りにしてくれることも嬉《うれ》しかった。

けれど俺が高校に入る年、父は突然見知らぬ女性を連れてきた。

玲子《れいこ》さんという、父さんよりずっと若いその女性は、俺の新しいお義母《かあ》さんになったのだ。

この父親にしてはどこで見つけきたのかと思うほど明るくてしっかりした女性で、俺にも優しくしてくれたが、俺はあまり馴染《なじ》めなかった。

嫌いだったわけじゃないが、どうしても実の母親のことが忘れられなかったせいだろう。母親というには歳《とし》が近かったせいもあったのかも。

同じ家に住んでも、どうしても他人行儀のままだった。

しかも二人の間に弟が生まれると益々《ますます》家に居づらくなり、俺は大学へ進むのを機会に、家を出ることを決めた。

この頃《ころ》にはしっかり者の義母さんのお陰で父親の生活も安定していたので、学費と最低限の生活費は出してもらえることになった。あとは自分でバイトをすればいい。

家族と離れ、狭いアパートで大学とバイトに明け暮れる一人暮らし。

それが今の俺の生活だ。

一人暮らしは初めてだが、子供の頃から一人で暮らしていたようなものだから、寂しいとは思わなかった。

それなりに今の生活を満喫している。

けれど、時々孤独を実感する時もある。真っ暗な部屋に戻る時、振り向いて誰の気配もないと感じる時、呼びかける相手がいない時。

そんな時、思い出すのは離れた家族のことではなくて、あの日々のことだった。

楽しかった。

本当に楽しかった。

あの後、仁司さんは俺を訪ねてきてくれたかも知れない。けれどそこに俺はいなかった。彼は探してくれただろうか？

小学生だった俺には、彼を探す術《すべ》がなかった。引っ越したことを教えることもできなかった。

もう少しうちが引っ越すのが遅かったら、彼から連絡が来ていただろうか？

これだけ時間が経《た》ってしまったけれど、仁司さんはまだ俺のことを覚えていてくれるだろうか？

今でも、彼に会いたい。

俺にとって一番幸福だったあの頃。

自分を愛し、信頼し、片時も離れずにいてくれた愛犬のタロと、優しく包んでくれた仁司さんと一緒にいた頃を。

タロは家族だった。仁司さんは…、同性だけど、初恋だったかもしれない。

でももうタロはいない。

仁司さんもいない。

渡海の家の跡地にはマンションが建ち、花岡の家はその駐車場となっていて、もうあの日に戻ることなんてできない。

けれど、思い出すだけで胸が詰まる。

あの日の思い出として手元に残ったのは、タロが最後まで付けていた青い革の首輪だけ。

なけなしのお小遣いでタロを動物霊園に葬った時、離れがたくてそれだけはずっと持っていることに決めたのだ。

今も、普段使うカバンの奥底に入れたまま、ずっと持ち歩いている。

過ぎた日々が夢ではない証《あかし》として。

首輪に触れるだけで、思いは鮮明になるから。

もういない者達が胸に鮮やかに蘇《よみがえ》ってくるから。

そして俺は夢を見る。

街で偶然仁司さんに会う夢を。

彼はタロにそっくりな犬を連れていて、一目で俺に気づいてくれる。もちろん、俺も。

会いたかったって言って、ぎゅっと抱き合って、俺達はまた毎日仲良く過ごすのだ。

いつまでもいつまでも。

あの頃のように…。


過去に夢想を馳《は》せてはいても、現実は現実。

アパートでは犬は飼えないし、雑種だったタロとそっくりな犬など見たことがない。

ましてや仁司さんと再会するなんて、この人の溢《あふ》れ返っている東京で、果たせる訳もなかった。

毎朝古い六畳四畳半のアパートで目を覚まし、真面目《まじめ》に大学へ通って、真面目にカフェのアルバイトをする。これの繰り返しだ。

目下のところ最大の関心事は、就職だった。

長引く不況も少しは上向いて来たとはいえ、まだまだ就職難。

友人との会話の中にも、どこが狙《ねら》い目だとか、どこには先輩のツテがあるなんて話題が入り込んでくるくらいだ。

「自分の将来というより、会社の将来を見据えて選ばないとな。最近は大手でも倒産するところも多いし」

体育会系の中村《なかむら》は、三つ上のお兄さんがかなり苦労したらしく、いつも話題の提供者だった。

「糸田《いとだ》は実家帰って稼業を継ぐんだろ？」

眼鏡《めがね》の似合う遊び人の糸田は、訊《き》かれて肩を竦《すく》めた。

「それが安泰って意味なら、お前達よりシビアだぜ。お前等《ら》は会社が潰《つぶ》れたら他《ほか》の会社に再就職すりゃあいいけど、俺は一家離散だからな」

「でも造り酒屋なら土地とかあるんじゃないのか？」

「田舎にある土地なんて、二束三文だよ。建物乗ってるしな。昨今の日本酒離れを考えると、先は暗いよ」

「って言ってるお前がワイン派だもんな」

そしてその二人が同時に俺を見る。

「で、花岡は？」

午後の学食のカフェテリア。

友人の視線を受けて、俺は返事に詰まった。

子供の頃は、タロのこともあって、ペット関係の仕事につきたいと思ったこともあったが、獣医になるには金がかかる、ペットショップは可愛《かわい》がっても結局他人に売り渡すとあって、早々に諦《あきら》めた。

正直、今はこれといった目標はないのだ。

「うーん…、就職出来ればどこでもいいかな。うち、下がいるから就職浪人できないし」

まあ今時の大学生の本音、って感じだろう。

「下がいてもいなくても、就職浪人はキツイよ」

「中村はマイナス思考だからな。いっそ神頼みでもしたらどうだ？ 厄払いのいい寺、紹介してやろうか？」

「何で寺なんだよ。神社じゃないのか？」

「憑《つ》き物落としてくれるって評判のとこがあるんだよ。神社は神様、寺は仏様。どっちにしたって他力本願だな」

俺は二人の会話を聞きながら、時計を見た。

「あ、悪い。俺そろそろバイト」

「もうそんな時間か？ 少しくらい遅れてもいいだろ？」

「花岡は生活費稼いでるんだから、真面目にやらなきゃ。中村は、まずそういうところから直さないとな」

「俺のことはさておき、中村については同感。遅刻していいなんて仕事はないんだからな」

俺と糸田の両方に言われ、中村は口を尖《とが》らせた。

「ちょっとしたジョークじゃん」

「拗《す》ねない、拗ねない。じゃ、そのうち二人で飲みに来いよ。少しはサービスしてあげるから」

「期待してるよ。気を付けてな」

「ん、また明日」

俺は自分の飲んでいたコーヒーのカップが載ったトレイを手に立ち上がり、二人と別れた。

糸田が言ったように、俺のバイトには生活がかかっている。

大学に入る時、学費と最低限のお金は親が出してくれることになったが、友達との付き合いとか、遊びに行くお金までカバーするほどではなかった。だが、花岡家の現状を考えると、もっと欲しいと言えず、その分は自分で稼ごうと思っていた。

なので、転居するアパートを見つけると同時に、駅前のカフェ、『スワニー』にアルバイトを決めたのだ。

その店を選んだ理由は、アパートから近いこと、だった。

アルバイトをしたことがない自分が、学業とバイトの掛け持ちで疲れても、家の近所だからそのまま帰れる。駅から近ければ、大学の帰りに直行できるなど、地の利を優先した。

もしそこで慣れてしまえば、後で別の仕事を探してもいい。

だが働いてみると、店の雰囲気もよかったし、従業員は自分と同じ年頃の人間が多いし、居心地がよくて大学三年の今も、そこで働き続けている。

もう一つ、カフェで提供されているケーキやサンドイッチなどの売れ残りをタダで貰えるというのも、大きな理由かも。

今日も、大学から直行で店へ行くと、チーフの丸山《まるやま》さんが俺に店のロゴが入った紙袋を掲げて見せた。

「フィナンシェとスモークサーモンのサンドイッチだけど、食べるか？」

もちろん、賞味期限切れのものだ。

「いただきます」

だが俺にとっては、大切な食料だ。

「じゃ、『花岡』って書いて冷蔵庫に入れとくから、帰りに持って帰っていいぞ」

「はい」

丸山さんも、俺と同じで大学生の時にここのバイトに入ったが、勤務態度がよくて、卒業と当時に社員に取り立てられたらしい。

なのでシフト関係なくいつも店にいるので、一番親しくしている先輩だ。

「今日は遅番までいた方がいいですか？」

「いや、今日は八時であがっていい。飯田《いいだ》さんがフロアに入るから」

「はい」

狭いロッカールームで白いワイシャツに黒のベストとパンツ、ギャルソンエプロンに着替えて店へ出る。

店は、オーダーをカウンターで受け、商品を手渡した後は、客が店内の席に自由に座ってコーヒーを楽しむというスタイルだ。

カウンターの内側でレジに立ち、コーヒーを作り、フロアへ出てテーブルを片付けたり清掃したりするのが主な仕事。

忙しくなるのは夕方からで、時間と共に学生からサラリーマンへと客層が変わる。

一旦そこで客が途切れると、夜の飲みに出る人間の待ち合わせ場所になり、やがて飲んだ後のシメのコーヒーを求める客へと変わる。

席は二階にもあり、そこは学生やネットをやる長居の客が殆《ほとん》どだ。

週末には混むが平日はまあまあ。

忙しすぎず、暇すぎず、いいバイトを選んだと思っている。

「バイト三昧《ざんまい》で、友達との付き合いとか大丈夫か？」

ちょっと暇になった時、丸山さんに問われて、俺は笑った。

「大丈夫ですよ。講義の空き時間とかに結構遊んでますから」

「彼女と？」

「残念ながらそっちは」

「へえ。花岡くん、可愛いのに」

「男に可愛いはないでしょう。せめてカッコイイにしてください」

「いや、カッコイイとは…。ねえ、佐藤《さとう》さん？」

丸山さんが近くにいた同じバイトの女の子に同意を求めると、彼女は答えずに笑った。

「正直者って時々嫌われますよ」

失礼な。

だがこんな軽口が叩《たた》けるくらい、職場の人間関係も良好だ。

「それより、駅の向こう側に新しいカフェできましたね」

客が途切れたので、佐藤さんは別の話題を俺達に振った。

「ああ、ロカビリーカフェとかいうのだろ？　うちより価格帯が安い」

流石チーフをやってるだけあって、丸山さんは彼女の言う店に思い当たりがあるようだった。

「競合店ですね」

「いや、価格帯も違うし、どちらかと言うとサラリーマン向けみたいな感じだから争うってほどじゃないだろ」

「サラリーマン向けのカフェですか？」

何だか単語がそぐわない気がして、俺は聞き返した。

「喫煙席が広いんだ」

だがその一言で深く納得した。

昨今は喫煙者に冷たい風が吹いている。

駅前の喫煙所はバス停の前で、吹きっさらしの上バスを待つ人々の視線が痛い。かと言って路上喫煙禁止地区だし、他に逃げ場がない。

コーヒー一杯でゆっくりタバコが吸えるのなら、そこを利用する者も多いだろう。

「でもトッピングが可愛いんですよ」

「何だ、佐藤さん、もう行ったの？」

「新しいものには何でも興味を持つタイプなんです。それに、お店のために敵情視察で」

と彼女は笑ったが、俺は知っている。『店のため』じゃなく『丸山さんのため』だということを。

丸山さんは優しくてハンサムで、女の子が好きになりそうなタイプだ。佐藤さんは俺より年下だから、丸山さんに大人の魅力みたいなものも感じてるのだろう。

「今度一緒に行ってみませんか？」

「そうだね、そのうち」

だが彼女のアプローチはあまり成功していないみたいだった。

もう一人のバイトも品川《しながわ》さんという女の子で、こっちも多分丸山さん狙い。俺達が会話をしてるのを聞き付けて、すぐに寄ってきた。

「何話してるんですかぁ？」

「駅向こうに出来たカフェの話だよ。今度偵察に行こうかって」

「えー、私《わたし》も行きたい」

「じゃ、行く時はみんなで行くか？」

丸山さんの言葉に、女子二人はガッカリした顔をした。どちらも丸山さんと二人きりで行きたかったのだろう。

俺は危険な三角関係から離れ、厨房《ちゅうぼう》の奥にいる一番年長の飯田さんのところへ逃げた。

「飯田さんは今のカフェのこと知ってます？」

「ああ、行った」

飯田さんは同棲《どうせい》中の彼女がいるので、女の子達の恋の鞘当《さやあ》てにはかかわらないと決めてるらしい。

「どうでした？」

「ドーナツが安かった。トッピングは女の子向けだな。サラリーマンは一番安いコーヒーしか頼んでなかったみたいだし、なかなか生き残りは難しいかもな」

「へえ」

冷静な判断だ。

「やっぱり敵情視察ですか？」

「いや、タバコ吸えるから。安いし、待ち合わせなら向こうでいいかなって。だから今頃は結構混んでるんじゃないか？」

「うちの売上に影響出ますかね？」

「今言ったろ、生き残りは難しいって」

「どうしてです？」

「置いてあるものは女の子向けだけど、喫煙席目当てにサラリーマンのが多い。喫煙席目当てのサラリーマンはコーヒー一杯で客単価が低い。店としては女の子が頼むトッピングで回収したいんだろうが、オッサンが多くてタバコの匂《にお》いがするとこに女の子は集まらないだろ？」

「テイクアウトは？」

俺が訊くと、飯田さんは『あ』という顔をした。

「テイクアウトか、それは考えなかったな。うーん、それだとどうだろう」

ちょっと不安を煽《あお》るセリフだ。

「でも心配することないさ。花岡も行ってみればわかるよ」

「安いって、どれぐらいですか？」

「コーヒー一杯百五十円」

それなら俺でも行けそうだ。

「でも花岡が行くなら、ドーナツがオススメかも。うちの彼女も、あれはまた買ってもいいって言ってたぞ」

「飯田さん的には？」

「俺は甘いものキライ」

飯田さんがウエッ、という顔をした時、カウンターの方からオーダーが入った。

「バニラコーヒーアイスM二つ、お願いします」

飯田さんは甘いものはキライと言ったけれど、俺は好きだった。それを知ってる彼が言ったということは、結構美味《おい》しいのかも。

飯田さんの彼女のお墨付きなら、尚《なお》のことだ。今日の帰りにでも寄ってみようか？　みんな行ってるならライバル店でも問題ないだろう。

ぼんやりとそんなことを考えながら、俺は洗い場に入った。あと二時間は真面目に仕事をしようと思いながら。


八時寸前にテイクアウトの客がどっと並んだので、店を出たのは八時半近かった。

「花岡くん、冷蔵庫の中身忘れるなよ」

と丸山さんに言われるまでもなく、今夜の夕食になるであろうサンドイッチとフィナンシェが入ったスワニーの紙袋を下げて外へ出る。

さてどうしようか。

佐藤さん達が言っていたカフェに行ってみようか？

賞味期限が過ぎてサーモンの水分が出てしまったサンドイッチは、持ち歩くのに不安はあるが、冷蔵庫にずっと入れてたのだからちょっと寄り道するぐらいは大丈夫だろう。

生活がキツイと言ったって、それぐらいの無駄遣いができないほど貧乏ってわけじゃない。

ドーナツが美味《うま》いというのは魅力的だった。

俺は駅のコンコースを抜け、アパートとは反対の北口へと向かった。

俺の住むこの街は、駅を境にちょっと雰囲気が違う。

南は商業地区で、北は昔ながらの商店街だ。

人の流れは南の方があるが、住宅街としては北口の方が高級感がある。多分、昔は北口の方が高級住宅地として発展したのだろう。だから古い店が北口に多いのだ。

その人達を狙って新規参入してきた店が南に広がり、結果として賑《にぎ》わいは逆転した。

俺のアパートは、南口で、その賑わいの向こう側。

アパートも、バイト先も、商店も南にあるので、改札を出るとそのまま南口から出てしまう。だから、北口には殆ど足を踏み入れたことがなかった。

街としては寂れているから、きっと地代が安く、安価なカフェがこっちに出来たのだろう。

件《くだん》の店は、いかにもオープンしたてという感じで、白木枠のガラス戸の前には花が飾られていた。

入口には『本日のドーナツ』と書かれた黒板が置かれている。それによると、今日のオススメはレモンドーナツということだった。

レモンドーナツ…。レモン風味のアイシングがかかっているのか、刻んだレモンピールが入っているのか、それとも別のアレンジなのか。

想像力をかき立てられ、俺は店に入ることを決めた。

今夜はサーモンのサンドイッチを焼いて、そのレモンドーナツで夕食だ、と。

「しつこいな。だからもうこの話は終わりだ。二番煎《せん》じを悪いとは言わないが、お前の企画はアピールを感じないと言ってるだろう」

そして一歩踏み出した瞬間、自動ドアの向こうから勢いよく出てきた男と正面衝突してしまった。

「痛…ッ、熱ッ！」

無防備に進んだ俺は、その男の勢いに押されて思いきり尻餅《しりもち》をついた。

その上から、彼が持っていたテイクアウトのコーヒーが降り注ぐ。

「君！　大丈夫か？」

大きな影が心配そうに覗《のぞ》き込んだ。

「…大丈夫です」

「…とは見えないな」

彼は手を差し出し、俺を引き起こした。

「痛っ」

その途端、手首に痛みが走り、持っていた紙袋を落としてしまった。

「捻《ひね》ったのか」

「みたいです」

「すまん、俺の前方不注意だ。三田《みた》、というわけだ、今日は帰れ」

「でも…！」

「彼の怪我《けが》の手当と着替えをさせなきゃいけなくなった。お前の話はここまでだ」

「待ってください。まだ話は…！」

「続きは明日だ。それまでにもう一捻りしてこい。とにかく今のままじゃ不採用だ。さ、君、行こう。着替えを貸してあげるから」

彼はそう言うと、強引に俺の手を引っ張った。

アパートまでは歩いて十五分くらいだ。手首の痛みも、そんなに酷《ひど》いとは思わなかった。

けれど彼等の会話の流れから、俺にぶつかった人が、俺の世話をするというのを名目に、側に立ってる眼鏡の男の人を振り切ろうとしてるのがわかったので、少しだけ協力することにした。

だって、彼はぶつかってすぐに謝罪を口にして手を差し出した。それは言い訳に利用するためじゃなくて、彼の心根だろう。

いい人なのだ、と思ったから。

落ちた紙袋を拾い、俺の背中に手を回し、彼は足早にその場から離れた。

駅を背に、どんどん進む。

「カバンは無事なようだが、紙袋にもコーヒーがかかったな。中身は弁償しよう」

「大丈夫です。大したものじゃないですし」

「駅向こうのカフェの袋だな。中身はコーヒー？」

「いえ、サンドイッチです」

「夕食？」

「ええ、まあ」

眼鏡の人を置いて、通りを曲がったところで俺は足を止めた。

「どうした？　どこか痛むか？」

「いえ。もうあの人は追ってこないみたいですから、ここで平気です。家もそう遠くないですし」

俺がそう言うと、彼は顔を崩して笑った。

「ひょっとして、ダシに使われたとわかって付いてきたのか？」

「ええ」

「それは申し訳ない。気を遣わせたな」

笑った顔が、どこか見覚えがあるような気がする。

ひょっとして、うちのカフェのお客さんかも。

「ですから、もうここで…」

「いや。気を遣ってもらったのなら、余計そのままじゃ帰せないな。すぐに洗わないと服は染みになるだろうし、さっき熱いと言っただろう? 薬を塗らないと。ついでに、飲み損ねたコーヒーを淹《い》れてあげよう」

「飲み損ねた?」

「あの店に入るところだったんだろう?」

「ええ、まあ」

目的はドーナツだったんだけど。

「ほら、ここだ」

言われて顔を上げると、目の前には白と青のコントラストが綺麗《きれい》なマンションが建っていた。

駅から五分のこんな立派なマンションに住めるなんて、この人結構なお金持ちなんだ。まだ若そうなのに。

「どうぞ」

先に立って建物の中に入ってゆく彼について、自分も中へ入る。

建物の中の明るい照明の下に立って初めて、俺は彼が着替えを貸すと言ったのかがわかった。

グリーンのシャツには肩から胸にかけてコーヒーの濃い染みが大きくついている。しかもすぐに拭《ぬぐ》わなかったので、染みはパンツにも落ちていた。人通りの多い南口の商店街を歩いたら、さぞ目立っただろう。

エレベーターに乗ると、狭い空間にコーヒーの匂いが充満する。

「…本当にすまなかったな。火傷《やけど》とかしていないといいんだが」

その匂いに、彼がまた心配そうな視線を向けた。

「多分大丈夫です」

被《かぶ》った時には熱かったけれど、今はもう濡《ぬ》れてるという感じしかしないのでそう答えた。

三階で降り、一番端のドアを彼が開ける。開いた扉の向こうから、一瞬籠《こ》もった部屋のむあっとした空気が流れ出た。無人の証拠だ。一人暮らしなのだろうか、こんな立派なところに。

「さあ、どうぞ」

彼はそのまま奥へ入り、部屋の明かりを点《つ》け、リモコンでエアコンのスイッチを入れた。

小さな機動音がして、すぐに涼しい風が流れる。

「シャワー、使うか？　着替えはTシャツとジャージでいいだろう？」

「あの、お気遣いなく」

「そのまま着替えたんじゃ新しいシャツにも染みがつく。そっちこそお気遣いなく、だ。悪いのはこっちなんだからな」

そういうと、彼は奥からビニールの袋に入ったままのTシャツと、こちらは洗濯していたのであろうスポーツジャージを持ってきて、バスルームへ案内してくれた。

「下着もいる？」

「いえ、そこまでは」

「じゃこれタオル。シャツとデニムは洗濯機に突っ込んどくよ」

「すみません」

「いやいや、こちらこそ。出てきたら声かけてくれ」

どこか聞き覚えがあるような声。

やっぱりうちのお客さんかな。

にしても…。

素敵《すてき》なバスルームだった。黒とグレイのイタリアンタイルにカランのシルバー、ゆったりとした白いバスタブ。俺のアパートのユニットバスとは大違いだ。

こんな立派なお風呂《ふろ》なら、ゆっくり浸《つ》かりたいけど、さすがに初めて会った他人の家でそこまでくつろぐことはできないので、簡単に身体だけをシャワーで軽く洗い流すだけにした。

髪を洗うのも我慢だ。

ちゃんとした風呂は、アパートへ戻ってからにしよう。

それでも汗を洗い流せてさっぱりとし、貸してもらったシャツに着替えてバスルームを出ると、部屋にはいいコーヒーの香りが漂っていた。

「もうあがったのか？」

「あ、はい。ありがとうございました」

「コーヒー、どうぞ。紙袋はコーヒーでダメになってたけど、中身は無事だったんで冷蔵庫に入れてあるよ。服は洗濯機に入れてあるから、乾くまでコーヒーでもどうぞ」

「すみません」

リビングもモノトーンで統一されたスタイリッシュな雰囲気だ。

彼が勧めるので、大きなソファに腰を下ろす。

彼も、自分のコーヒーを手に小さい方のソファに座った。

「いや、改めて、コーヒーぶっかけて申し訳なかった」

「いえ、もうそれは。シャワーを貸してくださって、着替えまで貸していただいて。こっちこそ気を遣わせてしまって」

深く頭を下げられて慌ててこちらも頭を下げる。

「君のお陰でしつこい部下から逃げられたしね」

「あの人、部下だったんですか？」

「ああ。どうしても話したいことがあるって言うから付き合ったんだが、ろくでもない企画で…、っと君には関係なかったな。でも察しがよくて本当によかったよ。俺は渡海。ウェブコンテンツの会社の社長だ。と言っても小さな会社で、共同経営者だけどな」

渡海…。

その名を聞いた時、俺の頭の中で光がグルグルと回った。ミラーボールみたいに。

「渡海！」

どこかで見た顔だと思った、聞き覚えのある声だと思った。

大人の男、という感じで昔より顎《あご》がしっかりして、彫りの深さが以前よりはっきりとしているけれど、目尻がきゅっと上がってるところも、眉根《まゆね》がすこし膨らんでるところも、高いけれど小鼻の小さい鼻も、確かに仁司さんのものだ。

「仁司さん？　渡海仁司さんでしょう？」

「え…？　ああ、そうだけど…。君、どこかで…？」

「俺、望です。花岡望。覚えてますか？」

興奮して、俺は自分を指さした。

「ほら、子供の時ずっと遊んでもらってた」

一目でわかると思ってた。

お互いに、顔を見ただけで『ああ』って言えるだろうと。

思い描いていた通りではないけれど、仁司さんも、すぐにわかってくれた。

「望…？　望か？　本当に？」

ほら、驚いた顔に笑顔が浮かぶ。

「そうです」

俺は喜んで、彼に飛びついた。昔そうしていたように。

「望！」

そして彼も、以前のようにぎゅっと抱き締めてくれた。

「もっとちゃんと顔を見せろよ。どっかで見た顔だと思ってたんだ」

それから身体を離して、お互い正面から相手を見つめた。

「俺もです。声も聞き覚えがあるなって」

「声はわかんなかったな。声変わりしたんだろ？」

「少し。でもあんまり低くなりませんでした」

「そうだな。可愛い声だ。だが大きくなったな、俺と六つか七つ違うんだから…」

「今、二十歳です。大学生になりました」

「あの望が大学生…」

嬉しくて、嬉しくて、バカみたいに涙が出た。

だって、ずっと会いたかった人に会えた。覚えていてくれた。再会を喜んでくれた。

夢は見ていたけど、現実もわかっていた。最悪、『望って誰だっけ？』と言われることも、『子供の頃の話だろ』とそっぽを向かれることも考えてはいた。

でも仁司さんは全然変わらなくて、笑顔で今の俺を迎えてくれてるのだ。

「何だよ、泣くなよ」

「すみません。ホント、嬉しくて…」

手の甲で涙を拭って鼻をすすると、彼は近くのティッシュボックスを取って差し出してくれた。

「受験が終わってから、お前を訪ねたんだぞ。だが、もう引っ越した後だった」

「両親が離婚して…、俺は父方に引き取られたんです」

「…そうか。それじゃ今はおじさんとこの近くに?」

「いえ、父はもう再婚して…。俺は大学生になったから、一人暮らしさせてもらってるんです。南口の方のアパートに」

新しい家族と折り合いがよくないということは口にしなかった。言う必要のないことだから。

「駅向こうの『スワニー』ってカフェでバイトもしてるんですよ」

「『スワニー』なら何度か行ったが。全然気が付かなかったな」

「本当ですか? 俺も気が付かなかった。仁司さんも一人暮らしなんですね。おばさんは? 病気、どうなりました?」

「移植手術が成功して、元気になったよ。だが肺の病気だったんで、大事を取って今も空気のいいところで暮らしてる」

「花穂《かほ》ちゃんと美喜《みき》ちゃんは?」

妹さん二人は俺より二つ上と四つ上だから、もう大学を卒業しているだろう。

「上の、花穂は嫁にいったよ。美喜が今親と同居してる。あいつ、料理家になるとか言って、結婚しないで一生親の面倒みるつもりらしい。だから俺がこっちへ出てこれたんだけどな」

俺にお兄ちゃんを取られたと怒っていた二人が、もうそんなに立派に…。きっと綺麗なお姉さんになったんだろう。

「お前は？」

「俺？　だから大学生で…」

「新しい親とは上手くやってるか？」

真顔で心配そうに尋ねてくる。この人は昔からこういうことに聡《さと》い。

わざわざ口にしなかったのに。

「いい人ですよ。でも義母とは歳が近いから何となくギクシャクして。弟が生まれたし。気まずくなるのが嫌で家を出たんです。でも、お義母さんは引き留めてくれたんですよ」

正直に言ってしまうと、彼は少し難しい顔をした。

「おじさんが出て行けって言ったのか？」

「そんなことないです。本当に、俺が勝手に出たいって言い出しただけで。学費や生活費も、ちゃんと出してくれてます」

「おじさんは、昔っからむらっ気のある人だからな。おばさんともよくケンカしてたろ」

「ケンカ…？」

「お前が寝た後かな。おばさんがうちの母に相談してたこともあったよ」

それは知らなかった。

多少のイザコザはあるとは思っていたけれど、離婚は唐突だとさえ思っていたのに。

「俺…、子供だったんですね」

「気づいてなかったのか。小学生じゃ仕方ないさ。それにしても、本当に育ったな。俺の手の中にすっぽり収まるくらい小さかったのに」

こちらが意気消沈したのを察して、彼は話題を変えた。

「タロは？　アパート暮らしじゃ実家か？」

けれどそれも明るい話題にはならなかった。

「タロは…、事故で死んだんです。車に轢き逃げされて」

「何時《いつ》？」

「仁司さんが引っ越してすぐ」

その日に、というの何だか言い難《にく》くてごまかした。

「残念だったな。お前とは兄弟みたいだったのに」

「仁司さんだって仲よかったじゃないですか」

「あれはまあ何というか…、戦友みたいなもんさ」

「戦友？　あ、そうだ。ちょっと待って」

俺は思い出して自分のカバンを引き寄せた。

「実は、タロの首輪をずっと持ってるんです。仁司さんが選んでくれたやつ」

中からボロボロになったタロの首輪を取り出し、彼に見せた。

仁司さんは懐かしそうに目を細め、首輪を受け取った。

「覚えてるよ。あいつは頭のいい犬だった」

「ですよね。本当に人の言葉がわかってるみたいで。犬って、幼稚園児ぐらいの知能があるんでしょう？　でもタロはもっと頭がよかったと思うんです。俺が一人でいると、必ず側に寄ってきてくれて…。大きくなったから家に入れちゃダメって言われた時は悲しかったな。一緒に寝るのが当たり前になってたから。あ、でも仁司さんが来てくれた時には…」

やっとタロの話ができる人と会えた喜びに、つい感情が溢れて思い出を語り続けてしまった。

「仁司さん…？」

だが、ふっと彼を見ると、仁司さんは首輪を手にじっと俯《うつむ》いたまま、黙っていた。

ひょっとして…、タロのために泣いてくれてるのだろうか？

そうだよな、仁司さんだって、タロのことは凄《すご》く可愛がってくれていたし。今も戦友のようだったって言ってくれてたのだから。

「嬉しいな、一緒にタロのことを想《おも》ってくれる人がいて。あの…、合祀《ごうし》なんだけど、ちゃんと動物霊園にお墓もあるんです。今度一緒に行きませんか？」

声をかけると、彼は顔を上げた。

その目が俺を見る。

「お休みの時とか、もしよかったら…」

その顔がにこっと笑う。

「仁司さん…？」

次の瞬間、仁司さんはいきなり俺に飛びついた。

「仁司さん…！」

強い力で飛びかかられて、ソファに仰向《あおむ》けに押し倒される。

完全に上に乗られ、俺は逃げ場をなくした。

「ち…、ちょっと、どうしたんですか！」

これって…、俺、襲われてる？

仁司さんってそっちの人だったのか？

いやでも、今までそんな素振りもなかったし、いくら昔の知り合いだったからといっても、大人になってからは今日会ったばかりじゃないか。

これが、仁司さん以外の人間だったら、蹴《け》ってでも、殴ってでもやめさせただろう。

でも相手が仁司さんだと思うと抵抗の手が鈍る。

だって、俺は彼が初恋の人だったのだから。

「俺、こういうことは…！」

顔が近づき、俺の耳を舐《な》める。

「ひっ」

そして彼は俺の耳元で大きく鳴いた。

「ワン！」

わ…ん…？

顔を離した彼が俺を見る目が、喜々として輝いている。

冗談…、なのかな？

さっきまでタロの話をしていたから、タロの真似《まね》をしてる…とか？

こんなにカッコイイ大人になった仁司さんが、犬の真似をするだろうか？　でもそうでなければ、舌を出して、ハッハッと口で荒く息をするなんておかしい。

「ワンワン！」

肩を押さえる手は、服を脱がしたりあらぬところを触ったりはしなかった。

のしかかった身体は他意などなく、ただ俺に飛びついただけみたいに思える。まるで、子供の頃タロがそうしていたように。

まさか…。

「……タロ？」

俺はおそるおそるその名を呼んでみた。

「ワン！」

するとそれに応《こた》えるように彼が大きく吠《ほ》える。

それを聞いて、俺は顔を引きつらせた。

「う…そ…。仁司さん、冗談ならもうわかったから、やめていいですよ？」

けれど彼は俺の言葉など聞こえていないかのように、またむしゃぶりついて俺の耳を舐めた。

…耳を舐めるのは、タロの癖だった。

子犬の頃から、俺の指や耳を舐めるのが好きだったのだ。

でも何で？

悩んでいる間にも、仁司さんは俺に擦り寄ってきた。

これが本当にタロだったら、何とも思わなかっただろう。ただじゃれてるだけと思えただろう。けれど今俺にのしかかって顔を舐め回しているのは、仁司さんなのだ。

大人の男の人なのだ。

どうしたって、じゃれてるというより襲われてるという気持ちになってしまう。

相手にその気がなくても、こっちは…。

「タロ！　ステイ！」

俺は昔を思い出して大声で制止を命じた。

すると、ピタリと彼の動きが止まる。

俺の上で、俺の顔を覗き込みながら、次の命令を待っている。

「タロ…？」

「ワン！」

名前に応えて一声上げる。

「本当に？　だって…、なんでお前が…」

まさか本当に？

でもそれ以外の理由が考えつかない。タロの幽霊が仁司さんに憑いてるってこと以外には。

どうして？

タロが事故で亡くなってから今まで、幽霊の『ゆ』の字もなかった。気配を感じたこともなかったのに。

俺に、霊感がなくて、仁司さんにはあるってこと？　ひょっとして、お前はずっと俺の側にいてくれたの？　でなければずっと仁司さんの中に？

「タロ…」

頬《ほお》に触れてやると、愛《いと》しそうに擦り寄ってくる。

「タロ…」

それが本当にタロみたいで、俺はぎゅっと抱き締めた。

でも違う。相手は犬ではなく、仁司さんなのだ。

抱き締めたせいで、『待て』が終わったと思ったのか、タロは再び顔を近づけ、また俺の耳を舐めてきた。

犬の舌なら平気だったことが、子供の頃にはくすぐったいだけだったものが、別の感覚を与える。荒い吐息と触れる鼻先。人の舌は犬のより短いから、密着感が凄くてヤバイ気が…。

「よせ、ばか…！」

俺が制止の言葉を再び口にし、仁司さんが俺の耳をぱくりと甘噛《あまが》みした時、高い電子音が部屋に鳴り響いた。

彼の動きが止まり、目の色が変わる。

キラキラと喜びを映した子供みたいな目が、しっかりとした強い瞳《ひとみ》に変わる。

「…望？」

声が、訝《いぶか》しみながら俺を呼ぶと、パッと身体が離れた。

「え…？　俺…？　いや、ちょっと待ってくれ」

これは…、仁司さんだ。

仁司さんは弾《はじ》かれたように部屋の隅へ行き、ズボンのポケットから携帯電話を取り出した。鳴り響いていたピーピーという電子音は彼の携帯の呼び出し音だったのか。

「はい、もしもし。…ああ、言った。いや、それはかまわないんだ」

彼が離れても、胸がドキドキしていた。

中身はタロだったと思うけど、実際は仁司さんに耳を舐められたのだから。

「今ちょっと取り込み中だから、その件は明日社で聞く。ばか、そんなんじゃない。とにかく、明日にしてくれ」

電話を切ると、仁司は離れたところに立ったまま俺を見た。

難しい顔をしてため息をつき、バリバリと頭を掻《か》き毟《むし》る。

「その…。俺、今望に何してた…?　上にのってキスを…」

言いかけてまた頭を掻く。

「ごめん、酔ってるわけじゃないんだが、記憶がなくて。ここんとこ忙しくてゆっくり休めなかったから寝ぼけてたのかも。別に変なつもりじゃ…」

自分のしたことに混乱してる彼に、俺は慌てて説明した。

「違うんだ、仁司さん。今、タロがやったんだよ」

「タロ?」

「そう。仁司さん、今タロになってた」

彼は何を言い出すんだという顔で俺を見た。

「…何をばかなことを」

「本当だって。だって、今自分が何してたか覚えてないでしょう?」

「…俺は何をしたんだ?」

「タロになって、俺に抱き着いて、…耳を舐めてきた」

「耳を?」

それを聞いて彼は頭を抱えた。

「でもそれはタロの癖なんだよ。覚えてるでしょう？　仁司さん、タロの首輪を触ったら急に『ワン』て鳴き出して…」

「わ…『ワン』？」

「そう。だから最初は冗談なのかと思ったけど、全然さっきまでと違うから、タロって呼んだら『ワン』って返事して。だからきっと、タロの幽霊が仁司さんに取り憑いたんだよ」

俺は本気でそう思っていた。

だって、それ以外に彼の行動の説明なんかできない。

彼が意図してやったのじゃないのは、今の態度を見ればわかるし。

「謝るのは俺の方だよ。俺がタロの首輪なんか持ち込んだからこんなことになって…」

俺が彼の行動を咎《とが》めなかったことに安堵《あんど》したのか、彼はゆっくりと近づいてきた。

「タロの幽霊っていうのはしょっちゅう出るのか？」

「ううん。今までは一度も…。でもそれは俺に霊感がないからかも」

「俺だってないよ」

「でも…」

彼の手が、俺の顎を取り上向かせ、横を向かせる。何を見ているのかと思ったら、苦々しげに呟《つぶや》く声がした。

「耳、濡れてるな」

「え？」

「拭《ふ》け」

涙を拭えと渡してくれたティッシュボックスから、二、三枚取って、彼は俺の耳に押し付ける。俺は舐められた感覚も一緒に拭ってしまおうと、ティッシュを受け取り、強く擦《こす》った。

「望は優しいな」

彼は、落ちていた首輪を拾った。

首輪に触れるとまたタロが乗り移るのでは、と思ったが、彼の態度は変わらなかった。

「ほら、返すよ」

差し出された首輪を受け取り、仁司さんから隠すように、俺はそれをカバンの中に戻した。

「さっきも言ったが、昨日まで仕事でトラブルがあって忙しくてな、あんまり寝てなかったんだ。望と会って嬉しかったから、ちょっと頭に血が上って意識が朦朧《もうろう》として、夢でも見てたのかもな」

「そんなことあるの？」

「犬の幽霊に取り憑かれるって話より現実的だろ？」

「でも本当にタロが…」

仁司さんは、俺の言葉を無視してにこっと笑った。

「望が変な風に取らないでくれてよかったよ。そういうわけで、今日はちょっと体調がすぐれないんでここまでにしたいが、今度またゆっくり会おう」

どうやら、タロが取り憑いたという事実は受け入れてもらえないようだ。

本当なのに。

絶対それ以外の理由はないと思うのに。

「望に会えて嬉しかったよ。携帯の電話番号、教えてくれる？」

「もちろん」

けれど、認められないというのも理解できた。

彼には記憶がないようだし、あの行動を目の当たりにしていなければ自分もそんなこと考えもしなかっただろう。

今首輪に触っても何ともなかったみたいだから、あの時一瞬だけだったのかも。

携帯電話の番号と住所を交換すると、これで終わりではないのだという安心が生まれた。だがそれだけではなかった。

「明日もバイト？」

「うん」

「じゃ、明日は店に行くよ。七時ぐらいに」

「ホント？」

よかった。嫌な思いをさせたから、暫く遠ざけられるかと思ったのに。

「ああ。ついでに、夕飯でもどう?」

「嬉しいけど…、明日は遅番なんで、十時までバイトなんだ」

「それじゃ、十時近くに行こう。奢《おご》るよ」

「ワリカンでいいですよ、高いとこじゃなければ」

「今日のお詫《わ》びだ。奢らせてくれ。…ハグしてもいいか?」

問われて、彼がまだ気にしてることに気づき、自分から仁司さんに抱き着いた。

「俺も、会えて本当に嬉しかった。また会いたい」

「うん」

背中に回った手には、力が籠もっていなかった。まるで俺に触れるのが怖いみたいに。

「おっと、まだ服が乾いてなかったな。…明日店に持って行くよ。それでもいいか?」

「いいですけど、これ借りても…?」

「あげるよ。シャツは仕事の販促品だし、ジャージは俺のお古だけど」

申し訳ない気もしたが、今は黙って受け取った方がいいだろう。

「じゃ、ありがたくいただきます。ありがとうございます」

お礼を言って、俺は立ち上がった。

「はい、これ」

仁司さんは玄関まで見送りに来てくれて、新しい紙袋に移し替えられた俺のサンドイッチを差し出した。

「本当に今日はごめんな。今夜はぐっすり眠っておくよ」

タロのせいなんだ、とはもう言わなかった。

「うん。身体に気を付けてね。俺、明日楽しみにしてます」

「ああ、いいもの食わせてやるよ」

「そっちじゃなくて、仁司さんに会えることがです」

「俺もだよ」

最後に彼がそう言って微笑《ほほえ》んでくれたことで、少しほっとした。自分との再会が彼にとって嫌なものではなかったと言ってもらえたようで。

別れの手を振りながらドアを閉めると、俺はほうっとため息をついた。

自分にとって、彼との再会は喜び以外のなにものではなかった。けれど、帰る足取りは重く、心も酷く重たいものになってしまった。

「タロのばか…」


仁司さんとの別れが決まった時、俺は泣いた。

別れたくなくて、離れたくなくて。

いなくなっても忘れられなくて、その後に辛《つら》いことがあって、悲しいと思う度に彼のことを思い出していた。

もしここに仁司さんがいれば。

彼が側にいてくれれば、きっとこう言ってくれる、ああ言ってくれる。優しく抱き締めて『大丈夫だよ』って笑ってくれる。

その一言で、彼の腕の中で、安心できただろうに、と。

一人で眠る布団の中、会いたくて、会いたくて、夢にも見た。

タロとはもう二度と会えないことはわかっていたけれど、仁司さんならばいつか会えるかもしれないからと、夢を描いていた。

それが唯一の救いのように、仁司さんと会えたら全《すべ》てが上手くいくような気がしていた。

なのに、せっかくの再会も手放しで喜ぶことができないなんて…。

戸惑いながらアパートに戻ると、俺は昔の写真を取り出した。

祖父母に預けられた時も、新しい家族と住むことになった時も、ここへ引っ越してきた時にも大切に持ち歩いていたアルバムを。

写真の中の俺はまだガキで、タロを抱いたり、仁司さんに抱き着いたり。両親との写真よりもタロや仁司さんと一緒のものの方が多い。

その写真の殆どは、仁司さんが撮ってくれたものだ。

あの頃、俺は両親よりも仁司さんが好きだった。

タロもそうだっただろう。

でも飼い主は俺だ。

亡くなってから今まで、タロは俺の前に姿を現さなかったのに、気配すら感じさせてくれなかったのに。どうして、仁司さんなのだろう。

ずっと一緒にいたのは俺だったのに。

俺には霊感がなくて、仁司さんにはあったのだろうか？

本当は俺より仁司さんの方が好きだったんだろうか？

いや、そんなことはない。俺と仁司さんが一緒にいれば、必ず俺に飛びついてきたのだから。大きくなってもすぐに飛びかかってくるのを、仁司さんが止めてくれてたくらいだ。

この先、彼と会う度にああいうことが起こるんだろうか？

「…まさか、な」

今まで一度もなかったことだし、仁司さんの様子から彼も初めての体験だったのだろう。というか信じてないみたいだけど。

やっぱり首輪だろうか？

俺はカバンの中からタロの首輪を取り出した。

時計を見て時間を確認する。

もしかして自分も気づかなかっただけであんなふうになっていたことがあったのかと思ったから。

意識が飛んでも、一人だから気づかなかっただけだったとしたら、空白の時間ができるはずだ。

けれど、首輪を手にして時計を睨《にら》んでも、時間は秒針と共に過ぎてゆくだけだった。

考え過ぎだろうか？

仁司さんがからかっただけだろうか？　俺がタロの死を話した後だったから、そのことで気落ちしないように、と。

でもだからって、あのカッコイイ大人が、犬の真似なんかするか？

しかも俺にのしかかってきて、耳を舐めてまで…。

「耳…」

俺は舐められた自分の耳に触れた。

当たり前だが、もう濡れてはいない。

でも感覚は残っていた。

柔らかくて、濡れたあの舌の感覚が。

タロに舐められてた時には、ただくすぐったかっただけだったのに、あの時はもっと違う感覚に襲われてしまった。

あの感覚の先にあるものはわかっている。

俺も大人になったってことだ。

もしまた彼にあんなふうにされたら…。

俺はアルバムを閉じると、服のままごろりとベッドに横になった。

今更ながら、彼に押し倒されて耳を舐められたという事実に鼓動が速まる。

そうだよな、俺は仁司さんに乗られて、耳や顔を舐められたんだ。もちろん、彼の意思じゃないし、信じ難いことだし『タロがしたこと』なんだろうけど。

あの時の感覚を思い出すだけで、肌が微妙にざわついた。

もしまた同じことをされたら、絶対マズイよな。今度は身体が反応してしまうかも。それを知られたら、絶対にマズイ。

立派になってた仁司さん。

高校生の頃もカッコよかったけど、今はそれに更に男らしさと大人っぽさが加わって、更にカッコよくなっていた。

デキる男って感じで、スタイルもよくて。何より俺が望だとわかる前、見知らぬ人間だと思ってる時にでも、コーヒーをかけてすまなかったと謝る誠実さは昔から変わってない。

俺は彼が好きだった。

今も好きだ。

でもそれは子供の、お兄さんに対する憧れだった。

なのに変なふうに反応してしまうと、変な『好き』になってしまいそうだ。あれほどカッコいい人になら、それが仁司さんなら、そうなる可能性がないとも言えない。

子供の頃、彼が初恋ではないかと思うほどベタベタしていた自覚があるのだから。

恋なんて感覚も知らない頃。

彼に抱き締められることが好きだった。

大きな身体にすっぽりと包まれることは幸福だった。

あれを今やられたら、マズイだろう。

何がマズイって、男として色々と危ないではないか。

仕切り直して明日会うというのなら、この感覚は忘れてしまわなくては。

仁司さんは俺にそういう気があるわけではないのだし、彼は自分の行動を覚えていないのだから。

自分だけが意識してもおかしいだろう。

でも…。

一番会いたかった人に会えて、覚えていてもらって、アクシデントとはいえ抱き締められた感覚は、容易に忘れることなどできなかった。

そっちのケはないと思っていたのだけれど、彼だけは特別だ。

ずっと、ずっと想っていた人だから、知らないうちに憧れや夢が、恋に転化してしまうかもしれない。そうなってはいけないのに。そうなっても、可能性などゼロに等しいのだから失恋するに決まってる。

結果がわかっているのに、一歩踏み出す勇気は俺にはなかった。

だからもう二度とあんなことが起きないように、明日はタロの首輪を持ち歩くのを止《や》めよう。

彼にその気があってする行為ではないのに、もう一度あんなふうに迫られたら誤解してしまう。

「お前が気まずくさせたんだから、我慢しろよ」

俺はベッドの中からカバンを見つめて呟いた。

「首輪は持ち歩かなくても、忘れたわけじゃないんだぞ」

まるでそこにタロが控えているかのように。

「お前だって悪いんだぞ。今まで俺に気配も感じさせなかったのに、仁司さんに取り憑くなんて。幽霊になったんなら、まず先に俺に感じさせるのが筋だろ？」

仁司さんを優先させたというわけじゃない、タロのことをないがしろにするんじゃない。彼に迷惑をかけたくないのだ。誤解して、傷つきたくないのだ。

「お前が俺に先に気配を感じさせてくれてれば、仁司さんに首輪を触らせたりしなかったんだからな。そうしたらこんなもやもやした気分にならなかったんだ」

この治まらない気持ちを、タロのせいにして、俺は目を閉じた。

「仁司さんが俺に恋をしてくれるんじゃなければ、俺から恋なんてできない。好きって気持ちには、色々種類があるんだから…」

着替えなきゃいけないと思いつつ、色々あったせいで何だか疲れて、そのまま寝入ってしまった。

取り敢《あ》えず、明日を楽しみにして。


楽しみにして、というか楽しみにし過ぎたかもしれない。

翌朝、俺は目覚ましよりも早く起きた。

昨夜のことがあったから、懐かしい頃の夢を見たせいもあるだろう。昨夜の出来事を思い返して落ち着かなかったせいもあるだろう。今夜の再会への期待が膨らみ、朝からそのことだけしか考えられなかった。

昨日はゴタゴタしていたけれど、今夜はゆっくりと時間を取れるだろう。そう考えると、ついつい服も一番のお気に入りを選んでしまう。

と言っても所詮《しょせん》Tシャツなんだけど。

大学へ行っても、どこかそわそわして、落ち着かない。

「何？　花岡、今日デート？」

と友人の糸田にからかわれるくらい浮かれていた。

「そうじゃないよ。昔の知り合いに会うだけ」

「男？　女？」

「男」

「何だ、男か」

そうだよな。

それが当然の反応だ。

男性相手では、恋愛に発展などしない。胸がドキドキするなんてことはない。でも俺はドキドキしている。

「昔お世話になってたお兄さんでさ、凄くカッコよくなってたんだ」

と言い訳めいた言葉を口にしても、友人は、だからどうしたという顔だ。

「妹、いる？」

「俺達より年上で、一人は結婚してるけどね」

「ふうん」

と興味の無さそうな返事をしただけだった。

落ち着け、俺。

こんなふうに期待するのはおかしいことだ。友人達の反応がそう語っているではないか。

でも、昨夜はトラブルがあってゆっくり話すことができなかったから、今夜はゆっくり話せると思うとどうしても落ち着かない。

今何をしているのか、ご近所なのだからまた頻繁に会うことができるのか、聞きたいことも言いたいことも色々ある。

バイト終わりに店に来ると言っていた。

夕飯も一緒にしようと言ってくれた。

二人きりで、何の話をすればいいんだろう。

外で会ってる時にまたタロが彼に取り憑いたらどうしよう。いや、首輪さえ持って行かなければ大丈夫だろう。それより昨夜のことを彼が真剣に考えていたら、何と言えばいいんだろう。

会うまでにまだまだ時間があるから、期待や不安や困惑や、色んなことを考えてしまう。

それでも時間は勝手に過ぎて行き、講義は終わり、俺はバイトへ向かった。

いつものように入る店。

「残念だけど、今日はお土産はナシだよ」

迎えてくれる丸山さん。

「今日は大丈夫です。でも、定時でキッチリ上がっていいですか？」

「何？　予定があるの？」

「はい。今日はお迎えが来るんで」

「デート？」

友人達と同じ質問を向けられて苦笑する。

俺ってば、そんなに分かりやすく浮かれてるんだろうか。

「違いますよ。そういう相手はいないって言ったでしょう。幼なじみのお兄さんです」

「幼なじみのお兄さん？」

聞き返された言葉に微妙にニュアンスの違いを感じて、言い直す。

「子供の頃近所に住んでたお兄さんと昨夜偶然再会したんです。で、今日ゆっくり話そうって」

「ああ、お兄さんが幼なじみなのか。てっきり幼なじみの子のお兄さんかと」

やっぱりそんなふうに誤解してたか。

「子供の頃に遊んでもらったお兄さんって覚えてるものなんだ？」

「そりゃ覚えてますよ」

「じゃ、俺も覚えてもらってるのかな？」

「誰か遊んであげた子がいるんですか？」

「そりゃ優しいお兄さんだからね。花岡も遊んであげようか？」

からかうように、丸山さんが言った。

「俺はもう子供じゃないですよ」

「お友達としてさ」

「バイトが忙しくて遊びに行く時間がないですからねえ」

「でもお兄さんとは会えるんだろ？」

「だからバイト終わってからですよ」

「じゃ、今度バイトが終わったら飲みに行こう」

「そうですね。そのうち」

そんな話をしていると、すぐに丸山さん狙いの佐藤さんが寄ってきて、会話に加わった。

「今夜飲みに行くんですか？」

女の子って耳聡いな。

「違うよ。いつかって話」

女の子の扱いに慣れてる丸山さんは、にこにこと彼女の参入を受け入れる。けれど慣れてるから対応もドライなものだ。

「じゃ、その時誘ってくださいよ」

「男同士の秘密の話っていうのもあるんだよ。佐藤さん達とはまた別の機会にね。言っておくけど、オゴリは無しだぞ」

「そんなこと言いませんよ。ワリカンで大丈夫」

「じゃ、今度みんなで行こうな」

にこにこ笑って定番の返事。

俺だったら好きな人とだったら、二人きりだろうが、みんなでだろうが出掛けたいと思うのだが、彼女達は『みんなで』という言葉があまり好きではない。どうしても二人きりで出掛けたいらしい。

だから、誘いを断ることなく『みんなで』と付けると、上手くごまかせるのだと丸山さんが言っていた。

丸山さんの方こそ、性格もいいいし、顔もいいのだから、彼女を作ればいいのに。

一度直接訊いたことがあるのだが、そのうち作るかもしれないけど、職場の人間は選ばないと思うよと言っていた。

ま、それは正しいかも。職場の恋愛ってモメそうだから。

俺は丸山さんを佐藤さんに任せると、レジに入った。

店のフロアには、相変わらず様々な人がいる。最近は年配の方も多くて、一人でコーヒーを楽しむおばあちゃんなんかもいて、ちょっと微笑ましい。

その中で、友人らしい二人連れの男性が、真面目な顔で何かを話し合っているのが見えた。

俺と仁司さんもあんなふうに見えるのかな。俺はガキっぽいし、仁司さんは大人っぽいから、仕事の上司と部下みたいに見えるのかも。

話題、考えておくべきかな。

ずっと会ってなかったから、共通の話題なんてないし、タロの話題は避けた方がいいだろうし。仕事の話？　生活の話？

でも仕事のことをあんまり訊くと今の俺の状況からすると就職を狙ってると思われるかも。

考え事をしている間にも、客は並び、仕事は忙しく続く。

仁司さんが見てるわけではないのだけれど、一生懸命働いていると、自分がこんなに立派に育ちましたという証みたいで胸が張れる。

いつもより気合をいれて働いているうちに、時間はどんどん過ぎて行き、一旦休憩を取って軽く腹にものを入れると、すぐに閉店の時間が近づいてきた。

そろそろ来るかな、と視線が入口に向かう。

「何? 誰か来るの?」

佐藤さんにそう声をかけられた時だった。

通りに面したガラスの扉が開き、長身の男性が姿を見せる。

「あ」

細身のスーツに身を包んだ、ちょっと長めの髪を崩したワイルドな雰囲気のイケメン。

仁司さんだ。

向こうも俺に気づいて、にこっと笑うとカウンターに近づいてきた。

「コーヒー、ブレンドで。少し遅くなったな、スマン」

「かしこまりました。サイズはSでよろしいですか? そんなことないです。終わるまで待っててくださいね」

「ああ。待ってるよ。あ、昨日の服も持って来たから」

「三百円になります。あちらのカウンターから品物が出ますのでお待ちください。ありがとうございます、俺が奥に引っ込んだら終わりの合図ですから。店の前で待っててください」

「わかった」

店員と客の会話と待ち合わせの会話が一緒になって変な感じ。でも話は通じて、彼が離れる。

と、同時に背後にいた佐藤さんがドンッと肘《ひじ》で俺をつついた。

「凄いイケメンじゃない。花岡くんのお兄さん？　先輩？」

丸山さん狙いのクセに。

「幼なじみのお兄さん」

「汚したんで、着替えを借りただけだよ」

「昨日の服って？」

「紹介してくれる？」

「無理」

「なんでよ」

「久々に会って、これから自己紹介しようってくらいの仲だからね。もっと親しくなってからなら考えてあげる。でも、他の男の人を紹介させたなんて、丸山さんに知られるとまずいんじゃない？」

「だって、全然相手にしてもらえないんだもん。考えちゃうわよ」

からかうつもりで言ったのだが、意外としんみりした口調で返されて、ちょっと驚いた。結構本気だったのかも。

「仕事中にはそういうことは考えたくないみたいだよ。帰りに声かけた方が可能性あるかもね」

「丸山さん、戸締まりしてるから一緒になんて帰れないもん。待ち伏せしてると重い女みたいだし」

彼女はふいっと俺から離れると、そのまま洗い場へ消えた。

恋するって大変だな…。

コーヒーを受け取った仁司さんが、俺から見える場所に座る。

俺の視線に気づいて、目線だけでにこっと笑う。

その笑顔に、胸がピョコっと跳ねる感じがした。嬉しいっていうか、ドキッとするっていうか。これもちょっと恋に似ているかも。

似てても、俺達は男同士だから関係ないけど。

「待ち合わせの相手、来たんだね」

佐藤さんと入れ替わるように、丸山さんが来る。

「あ、はい。あそこに」

「あのカッコイイ彼？」

丸山さんからもカッコよく見えるのかと思うと、自分のことではないのにちょっと気分がいい。

「そうです」

「少し早めにあがる？」

「大丈夫ですよ。ちゃんと最後まで働きます」

「いいよ。今いるお客様で終わりにするつもりだし。明日店じまいを手伝ってくれれば」

最後まできちんと働きたいけど、仁司さんを待たせるのもまずいし…。

「わかりました。じゃ、今日はこれで上がらせてください」

お言葉に甘えて、俺はちらっと仁司さんに視線を送ってから、奥へ引っ込んだ。

急いで着替えて、店へ戻る。

俺が引っ込んだら外で、と言っていたのだが、彼はまだ店の中にいた。

「お待たせ」

と声をかけると、仁司さんがすぐに立ち上がる。

「もう終わったのか？」

「お迎えが来たから上がっていいって」

「じゃ、行くか」

頭をポンと叩いて、飲んでいたカップを片付けに向かう。

よかった。昨夜のことは気にしていないみたいだ。

俺はカウンターの前を通る時、丸山さん達に軽く会釈しながら手を振った。

「で、何食べる？」

「何でも。期待して夕飯パン一個だけだったから」

「持たないだろ、パン一個だと」

「何か緊張して、あんまり入らなかったから。でも仁司さんの顔見たら何となくお腹《なか》が空《す》いてきた」

「何だそれ。じゃ、肉でも食うか？　焼き肉」

「焼き肉！　いいな」

「美味いとこ知ってるから、連れてってやるよ」

「はい」

連れ立って店を出ると、いつもは行かない方向へ向かって歩きだす。

線路沿い、細い道を進み、暗い路地へ。

彼が連れてってくれたのは、その何もない細い道の先にポツンと立っているロッジ風の隠れ家的な店だった。さりげないけど、だからこそ高級っぽい感じがする。

「高い？　俺、あんまりお金持ってないんだけど」

店の前で後込みすると、彼は笑った。

「奢るって言ったろ。気にするな。領収書もらえば経費で落ちる」

「俺と食べるのに？」

「誰と食べたか領収書に書かれるわけじゃないからな。それに、若者の意見を仕事上の参考にするためって大義名分を付けてもいい」

「若者だなんて。仁司さんだってそんな歳じゃないでしょう？」

「学生と社会人は、やっぱり感覚が違うよ。ほら、入るぞ」

こんな店、初めて入った。

焼き肉自体は、最近安い店だっていっぱいあるし、大学の友人と食べに行くこともあったけど。ここは全てが個室で、木の質感のある壁に囲まれると、自分のアパートから徒歩で行ける場所だとは思えない。

彼が勝手に注文し、運ばれてきた肉も、綺麗なサシが入ってる大きいもので、タンも綺麗なピンク色だった。

炭で温められたアミに一枚置くと、ジューッとたまらない音がして煙と美味しいそうな匂いが立ちのぼり、溶けた脂が炭に滴った。

「腹がはちきれるまで食べろ。遠慮はするなよ？」

「はい！」

久々の牛肉を食べながら、俺達は色んなことを話し合った。

昨夜、軽く話したお互いのことを。

仁司さんはおばさん達とともに田舎に移って、大学受験の準備やら、そのための一人暮らしの準備やらで忙しくしていたらしい。

その間おばさんのことは、おじさんと花穂ちゃん達とが面倒を見てくれた。

大学に合格し、何とか落ち着いてから俺を訪ねると、もうそこに俺達の姿はなかった。

周囲に聞いても、突然の引っ越しだったと言われるだけで、詳しいことはわからなかった。

離婚からローンの返済に困っての売却だったから、父さんはご近所に何も言わずに引っ越したのだろう。

その後は東京で一人暮らし。

おばさんの入院費、下の二人の妹の学費、自分の生活費。その全てを父親に負わせるのが心苦しくて、学生時代から友人とアルバイト感覚でネットの仕事を始めた。

最初は簡単なもので、自分達でサイトを立ち上げ、そこに広告を貼って収入にしていた。

だが一緒にやっている友人が、広告を貼るだけで金が入るなら、自分達で広告も作ったらどうかと言い出して、今の会社を立ち上げた。

それが大当たりだった。

世の中はネットの世界を無視できなくなっていて、皆が広告を打ち始めたが、そのやり方がわからない者が多かった。

最初は個人企業。次に中小企業。今では大手の広告も引き受けている。

更に、携帯のゲームも手掛けるようになると、会社は飛躍的に大きくなった。

昔のファミコンのゲームは、絵文字ぐらいの容量でできるそうで、権利料を払ってそれをそのまま転化して使ったのが初め。

次第に学生時代のツテを頼んで、若い連中からゲームを買い、オリジナルとして販売した。

驚いたことに、中には俺の携帯電話にダウンロードしたコンテンツもあった。

今は稼ぎの中の一部を実家に送り、自分は東京で一人暮らし。

仕事が忙しくて恋人を作る暇もなかったそうだ。

「何せ、妹二人に大学を卒業させてやりたかったからな。だがどうだ？　結局花穂は早々と結婚、美喜は大学を中退して料理の専門学校だ」

「でも今は手に職があった方がいいでしょう？」

「かもしれない。やりたいことがあるだけでもいいのかもな」

それから、今度は俺の話をした。

今度は正直に、彼が引っ越した日にタロが亡くなったことも。

事故だった。

病院に連れて行く必要もない、大怪我だった。

「…俺を追ってきたのかな？」

「まさか。引っ越すなんてわかってなかったよ」

「わかってたかもな。あいつは賢いから」

「でも追う理由は？　俺は残ってるのに」

「…そうだな」

タロがいなくなって、塞ぎ込んだ俺が理由で夫婦ゲンカが表面化し、二人は離婚し、家は売ってしまった。

それから父さんと二人で暮らしていたけど、今のお義母さんと再婚して、弟ができたので俺は家を出たこと。

「昨日も言ったけど、本当にいじめられたりとか、ケンカしたりってことはなかったんです。お義母さんはしっかりしてるし、明るい人だし。俺のことは弟みたいに扱ってくれました。でも弟が生まれて、何だか変な気分になっちゃって…」

「変な気分? お義母さんが好きになったとか?」

「違いますよ。その…、この人、が父さんの恋人なんだなって思うと…。新婚家庭に同居するのが辛いっていうか」

言いたいことがわかってくれたのか、彼は『ああ』という顔で頷《うなず》いた。

「それでちょっと気まずくなって。弟は可愛いです。懐いてくれたし。でも俺のギクシャクした感じがみんなに伝わってるような気がして。それで家を出ようと思ったんです」

「お義母さんは引き留めたんだっけ?」

「ええ。でも父さんはそれもいいだろうって出してくれました。男の子だし、一人暮らしには憧れるもんだって」

「さんざん一人暮らしをさせられてたのに、憧れるも何もないだろう。あの人は…。と、悪い、望の父親だったな」

「いえ」

わかってくれてる。

この人は本当に俺のことがわかってる。自分でも、子供の頃放《ほう》っておかれたことと、一人暮らしに差異はないと思っていた。父さんにそう言われた時、今更憧れなどあるものかとも思った。

でも出て行きたかったから、その通りだと答えた。

「今は？　連絡取ってるのか？」

「もちろん。時々帰ると、弟のキックとキスの餌食《えじき》になってます。義母さんは手料理を作ってくれるし、父さんも歓迎してくれます。今の距離が丁度いいんです、きっと」

「寂しくないか？」

「どうして？　もう慣れてるのに」

「慣れるのと望むのとは別だ。家族と一緒にいないことに慣れてても、一緒にいたいかいたくないかが別なように」

「俺はこれでいいと思ってる。俺が一緒にいたい人はもういないし」

「お母さん？」

「ううん」

「誰？」

あなた、とは言えなかった。本人を目の前にして。

「タロ」

だからそっちを口にした。嘘《うそ》ではないから。

「またタロか…。俺って言ってくれればいいのに。いつもタロに負けるな」

「そんな、仁司さんって言ったら困るでしょう」

「困らないさ。一人暮らしだしね」

「本気にしますよ？」

「別に、いいよ」

期待しちゃダメだ。

これはジョークに決まってる。

「にしても、肉を食ってるとビールが飲みたくなる。望は酒は？」

「たしなむ程度に」

「嫌いか？」

「好きですけど、ビールを飲みまくるほど余裕がないので。仁司さんは好き？」

「俺はバーボンかな？　だが肉にはビールがいい。どうだ？　腹もいっぱいになったから、今度はうちで飲まないか？」

「仁司さんの家で？」

「飲んでいい気持ちになってから帰るのは面倒だろう？　ウチ飲みなら、そのまま潰れてもいい。望も、泊まってってもいい」

「本当に？」

「ああ」

「それじゃ…。実はちょっと相談したいことが…」

問い返されて、俺は恥じるように視線を落とした。

「何だ？」

「就職のこと」

「うちに就職したいのか？」

「違う違う」

俺は慌てて否定した。

そういう下心を持ってると思われたくない。それぐらいなら恋の下心があると思われた方がマシだ。

いや、そっちも困るけど。

「今、就職のことで悩んでるんですけど、うちは父親があういう人だから参考にならなくて。その点、仁司さんは社会人だし、経験豊富そうだし」

「ああ、おじさんはなぁ…。仕事に生きるっていうより、人生楽しむ方が優先する人だから」

「今は真面目ですよ。ずっと同じところに勤めてます」

弁解めいて言うと、彼は謝罪した。

「ごめん、ごめん。悪い意味じゃないよ」

「わかってます。だからどうやって会社を決めたらいいかとか、何を覚えておいたらいいかとか、教えてもらえないかと思って」

「そうだな…。俺は自分で会社を興したから就職活動をしてないけど、雇う方だからそっちからのアドバイスならできるかもな」

「是非」

「ＯＫ。じゃ、食事はこれぐらいにして酒を買って帰ろう」

「はい」

何度も運ばれてきた皿は、綺麗に空っぽだった。

美味しいから、いい気になって食べ過ぎた。きっと相当高いんじゃないだろうか？

「あの、俺、ここの代金分後で働きますね」

「働く？」

「風呂洗いとか、飲んだ後の洗い物とか、掃除とか」

「そいつはありがたいが、気にするなと最初に言っただろう？　さ、行こう」

代金を払う時、彼は先に俺を店の外に出し、金額を聞かせなかった。領収書は頼んでいたみたいだけれど、それでもやっぱり気になる。

せめて酒ぐらい自分のものは自分で買おうと、立ち寄ったコンビニではワリカンを主張した。

仁司さんは無理に奢ろうとはせず、それなら酒は自分が買うからツマミはお前が選んで買ってくれと言った。

それで俺は乾きものだけじゃなく、ソーセージとかポテトサラダとか、色々と買い揃《そろ》えた。彼が何を好きかわからなかったので。

でも考えてみれば、二人とも肉で腹いっぱいなのだから、余計だったかもしれない。

会計は別々にして、一緒に彼のマンションへ向かう。

エレベーターに乗った時、一瞬嫌な予感はした。

まさか、また『あんなこと』が起こったりしないだろうな、と。

だが本当にまさか、だ。あれはきっと何かの間違いだったはずだ。万が一あれが現実だったとしても、今日はもうきっかけとなったタロの首輪は持っていない。

だから安心だろう。

ドアを開けると、むあっとした空気。

彼がエアコンを付け、二人でリビングに座る。

ここまでは昨日と一緒。

「コップを持って来よう。望、皿出して、ツマミを開けてくれ」

「お腹いっぱいじゃない？」

「酒のツマミはメシとは別さ」

よかった。

やっぱりあの時のことは何かの間違いだったんだ。

仁司さんが言ってたように、疲れて寝ぼけていたのかも。

彼は冷蔵庫から氷を出して、棚から酒ビンを出し、手酌で水割りを作った。

俺は買ってきたばかりのビールを開けた。

「コップは？」

「洗うの面倒だし、このままでいいです」

そこでグラスと缶をそれぞれ掲げ、乾杯する。

「今夜こそ、ゆっくりと再会を祝して」

最高の夜だった。

昨日も最高だったけど、今夜はもっとだ。

「就職のことだが、何かなりたいものがあるのか？」

美味しい夕食でお腹をいっぱいにして、大好きな人と向かい合ってお酒を飲みながら、今まで誰かに相談したくてもできなかったことを穏やかに聞いてもらう。

「…恥ずかしい話、これといってないんです。大学に行ったら見つかるかと思ったんだけど」

からかったり茶化《ちゃか》したりせず、真剣な顔で俺と向き合ってくれる仁司さん。

「まあ、気にするほどのことじゃないさ。大抵の人間はそうだ」

「本当を言うと、獣医になりたかったんだけど、お金の負担が大きそうだったから諦めたんだ。ペットショップも考えたけど、せっかく可愛がっても他人に譲るのかと思うと気乗りがしなくて」

「動物関係の仕事につきたいのか？」

「…タロのことがあったから、何かそういうのがいいなって。でも漠然とした感じ」

「他に今、好きなことや得意なことは？」

「特に。本を読むのは好きだし、デスクワークも嫌いじゃないと思う。今カフェで働いてるのも楽しいと思ってます」

日本人の常なのか、俺達はソファによりかかって、床に足を崩して座っていた。

「勤勉が取り柄だな」

「って言うほどじゃないですけど」

「何か特別なことがしたいというんじゃなければ、会社員でいいんじゃないか？　その時就いた仕事に楽しみを見いだしてゆくという手もある。それに動物病院には獣医だけじゃなく、事務だって経理だって必要だ。そういう事務をやってもいいだろう」

「それ…、初めて考えました。目からウロコな感じ」

「はは…。でもどこでもいいんなら、本当にうちに入らないか？　望なら真面目なのはわかってるし、身許《みもと》もしっかりしてる」

「また甘やかす」

「甘やかすさ。俺が別れた頃は、まだ子供だった」

「今はもう大人ですよ。こうしてビールも飲んでる」

「そうだな。大人だ」

そう言ったクセに、仁司さんの手が伸びて俺の頭を子供にするみたいに撫でた。

「だが変わってない。昔と一緒だ。俺が社長だって聞いても、就職を斡旋《あっせん》しろとも言わないし、食事を奢ってやると言ってもワリカンにしようと言う」

「そんなの、当たり前じゃないですか」

「昔の馴染みだからって甘えてこない」

「だって、昔は仲良かったけど、今は会って二日目だし」

「寂しいことを言うな。じゃ、これからまた昔みたいに仲良くしよう」

「それは…、嬉しいな。俺もそう言いたかった」

俺の頭にある手が、一旦離れる。

だが次の瞬間、その手は俺を押し倒した。

「仁司さん…っ！」

俺の手にあった缶ビールが落ちて、カーペットの上に中身を散らす。

「何？　どうしたの？」

慌てて彼の顔を見ると、彼はキラキラとした目で俺を見ていた。

これは…。

近づいて来る顔が、頬を擦り寄せてくる。

その唇が耳に触れ、舌がぺろりとそこを舐めた。

「…タロッ！」

俺は思い切りその名を呼んだ。

「ワン！」

それに応えて耳元で彼が吠える。

ああ…。

まさか、またこんなことが…。

ショックを受けてる間にも、仁司さんは俺の上に乗って、耳を舐め続けた。

くすぐったくて、ゾクゾクする。

「待てって…タロ…っ」

ダメだ。

仁司さんの身体が重たくて身動きが取れない。

今日はタロの首輪を持っていないのに、なんでこんなことが起こるんだ。一体、何が原因なんだ。

考えてる間にも、彼の身体が擦り寄せられ、耳がしゃぶられる。

「あ…っ」

心臓がバクバクして、あらぬ声を上げてしまう。

「タロ！　ステイっ！」
大声で命令すると、やっとその動きが止まった。
ずるずると仁司さんの下から這《は》い出して、次の命令を待つ仁司さんを見る。
仁司さんだ…。
どっからどう見ても、人間の仁司さんだ。けれど、この態度は、タロとしか思えない。
「仁司さん…？」
おそるおそる、俺は彼の名を呼んだ。
だが反応はない。
「タロ？」
と呼ぶと、今度は「ワンッ！」と返事があった。
頭がおかしくなりそうだ。
あり得ない。
信じられない。
でも…、これは現実だった。
どうしたらいいんだろう。
悩む俺を、タロは純真な目で見つめていた。
次は何？　何をすればいい？　どうしたら一緒に遊んでくれる？　という目だ。

「そうだ…！」

本当に申し訳ないとは思うけれど、ポケットから携帯電話を取り出して、ムービーを起動させた。

カメラを仁司さんに向け「お座り」と命じる。

伏せに近い状態で転がっていた仁司さんは、その一声で身体を起こし、お座りをした。

ああ…、ハンサムでカッコイイ仁司さんが…。

「タロ、お手」

携帯を構えたまま、自分の手を彼の前に差し出す。

すると当然のように、仁司さんはその手に自分の手を載せた。

「おかわり」

次は反対の手だ。

「よしよし」

芸をした御褒美に耳の後ろを撫でてやると、彼は気持ち良さそうに目を閉じた。

「…もしお芝居なら十分驚きましたよ……？」

念のために言ってみたが、反応はなかった。

「…タロ、バンッ！」

これは仁司さんが教えた芸だ。

指をピストルの形にして撃つ真似をすると、腹を見せてごろんと横になるという。そして仁司さん

STOP
00:00 12

はそれをした。

お腹を見せ、ぐったりする。

…頭がクラクラしそうだ。

「よし、戻れ」

仁司さんは…、タロは俺の命令に忠実に動き、パッと身体を返す。

タロにしていたように、テーブルの上にあったソーセージを手にして差し出してやると、彼は俺の手からそれをむさぼり食った。

「伏せ、ステイ」

そして伏せの状態で待つ。

もう間違いはない。

昨日も、今日も、やっぱりタロが彼の中にいるのだ。これはタロなのだ。

「…どうやったら元に戻るんだよ。…そうだ！」

昨日この状態になった時、確か仁司さんの携帯が鳴って、彼は意識を取り戻した。もしかしたらあの音で何とかなるかも。

そういえば、タロはうちの電子レンジの呼び出し音が嫌いだった。

電子音自体が嫌なのかも知れない。

俺はまだ伏せたまま待っている仁司さんに携帯のカメラを向けながら、彼の服を探った。

「だめ、まだステイ」

身体に触れると動こうとするから、もう一度命じてポケットから携帯を取り出す。

彼の携帯はスマートフォンだったが、使い方は友人ので慣れていた。

画面にタッチし、着信音のボリューム設定を呼び出し、最大にして鳴らす。

電話からはピーピーというカン高い音が鳴り響いた。

耳に障る、あまり心地よくない音だ。

やはりそれは効果があった。

「…俺の…電話…？」

彼の目の光が変わる。

俺は自分の携帯のムービーを切って、ほうっと息をつくとその場にへたりこんだ。

「…何？」

「よかった…、戻った…」

「それ、俺の電話だよね？　出たのか？」

咎めるような視線に慌てて彼に電話を渡す。

「違う、違う。電話に出たんじゃないです。鳴らしただけです」

「どうして俺の電話を？　ポケットに入れといたはずだが」

「俺が取り出したんです」

電話を受け取り彼がチェックするように画面を見る。

「どうして？」

「仁司さん、記憶あります？」

「記憶？」

「今、その音が鳴るまで自分が何をしてたか記憶がありますか？」

言われて初めて気が付いたというように、彼は眉をひそめる。

「ひょっとして、俺、寝てたのか？　だがだからって俺の電話で…」

「仁司さん、またタロになってました」

今日ははっきり言わなくては。

「タロになってたって…」

「記憶、ないでしょう？　俺と話をしてる時に、突然タロになったんです」

「望。だからそういうことは…」

「信じられないのも無理ないと思います。だから今日は証拠を撮りました」

「証拠を撮った？」

「これです」

俺は自分の携帯を差し出した。

「あなたがタロになってるところを、録画したんです」

「録画…？」

「ここを押して…、見てください」

これが、彼にとって歓迎すべき事態ではないことはよくわかっていた。

でも、俺と二人だけの時ならいいが、この行動が他の人の前で起きたら…。彼の人格が疑われるだろう。犬の真似をして男の耳を舐めるだなんて。

会社を経営している彼にとって、人格を疑われるというのはマイナス以外の何物でもない。

だとしたら、この事態をちゃんと自覚してもらって、二人で解決方法を考えなくては。

仁司さんはじっと画面を見ていた。

食い入るように見つめ、だんだんと渋い顔になった。

「…もう一度再生してくれ」

見終わると、俺に電話を返してもう一度再生させた。

『ステイ』『バン』などという俺の声だけが漏れ聞こえる。

二度目の再生が終わると、彼は無言のまま電話を差し出し、ポケットを探ってタバコを取り出すと一本口に咥《くわ》えた。

暫くは火を点けないまま唇に載せていたが、イライラした様子で火を点けると、深く煙を吸った。

「…それが俺だって？　俺がそんな真似を？」

俺への質問じゃない。

自問自答みたいな小さな声だ。だから俺は何も言わずにいた。

「ばかな…、そんなこと、あり得ない。犬の幽霊なんて。タロが俺に乗り移るなんて…。確かにあいつは頭がよかったが…」

そしてまた黙り込み、タバコを吸う。

俺は床に落ちた缶ビールをやっと思い出し、ティッシュで零《こぼ》れたビールを拭った。

だが時間が経ってしまったせいであらかた乾いていたので、立ち上がり、キッチンから濡らした布《ふ》巾《きん》を持ってきて、それで拭き直した。

彼に、言葉はかけなかった。

混乱している彼に、何と声をかけていいかわからなかったから。

仁司さんはグラスに残っていた氷の溶けた水っぽい酒の残りを飲み干すと、新しい酒をそこへなみなみと注ぎ、喉《のど》に流し込んだ。

「タロ…」

絞り出す声。

「…わかった。認めよう。俺はどうやらタロに取り憑かれたようだ」

観念したように、彼は言った。

「ごめんなさい…」

「何故《なぜ》お前が謝る？」

「だって…、俺と会ったから」

「関係ない。理由が何であるにせよ、取り憑いてるのはタロでお前じゃないだろう」

「でも…」

「それよりどうやったらもうこんなことが起きなくなるかを考えよう」

「でもどうしてなるかもわからないのに」

「俺は…、望と話してたな？」

「はい」

「昨日もそうだった」

「…はい」

「昨日はタロの話題だったが、今日はその話はしてなかった。チラッとはしたが記憶を無くした時には…、就職の話だった？　お前はなりたいものがないと言い、俺がうちで働かないかと言い、昔と変わらないと…」

思い出しているのか、声がだんだん細くなる。

「…まさか、そういう…」

「何です？」

思い当たりがあるのかと思って尋ねたが、彼は首を横に振った。

「いや、何でもない。それより、タロの墓はあるって言ってたか？」

「はい。合祀だけど動物霊園に」

「ベタだが、墓参りでもしてみるか」

「一緒に行ってくれるんですか？」

「俺が行かなきゃだめだろう」

仁司さんと、タロのお墓参りには行きたかった。けれどこんな形で行くことになろうとは。

「何時行ける？　遠いのか？　なるべく早い方がいいが、望は大学とバイトがあるだろう」

「遠くはないですけど、ここからだと電車で一時間くらいです。平日は大体バイトが入ってるんですが、休みは取れます」

「大丈夫か？」

「だって、大変なことじゃないですか。もし会社にいる時にこんなことが起こったら…」

「多分、会社ではならないだろう」

「そんな保証は…」

「ない、が。どうやら…、俺がタロの事を思い出してる時になるみたいだからな」

「さっきも？」

「…口には出さなかったが、思い出してたよ。だから会社ではタロのことなんか考えてる暇はないから、きっと大丈夫だ。ただ、その…、望の顔を見ると思い出してしまうから、墓参りに行くまでは会わない方がいいかも。もちろん、墓参りに行くまで、のことだ。その後はまた仲良くしよう」

「はい…」

折角会えて嬉しいと思っていたのに。

でも仕方がない。彼に恥をかかせるわけにはいかないのだから。危険は遠ざけないと。

「そうしょげるな。約束するよ、片付いたらまた一緒に食事をしよう。遊びにも行こう。何なら俺の母親の見舞いにでも来るか？　花穂はいないが、美喜もいる」

「はい」

「で、何時なら行ける？」

「土日の方がいいですよね？　今週の土曜は？」

「週末は書き入れ時じゃないのか？」

「うちの店は学生が帰りに立ち寄るのが多いから、週末が特にってほどじゃないです。むしろ金曜が忙しいから金曜はダメですね。土日なら、俺も大学がないし、仁司さんも会社が休みでしょう？」

「OK。それじゃ土曜にしよう。土曜に墓参りに行って、帰ってきたらまたここで飲もう。それで確かめるんだ」

「はい。でもまずチーフに訊いてみてからでいいですか？」

「もちろん。時間が決まったらメールしてくれ」

「わかりました」

仁司さんは小さく頷いてから、言いにくそうに言った。

「それでその…、今夜は悪いがこれでお開きにしよう。泊まってって欲しいが、またタロになったら困るからね」

「…ですね」

わかってる。

ちゃんとわかってる。

でも、理解してても遠ざけられるのは少し辛い。

「仁司さん。見ててください」

俺は彼に見えるように携帯電話を前へ差し出しながら、ムービーのデータを消去した。

「今の、もう消しましたから」

それから電話をしまうと、テーブルの上に残ったオツマミを片付けようとした。

「それはいい」

「でも、奢ってもらったお礼に…」

「俺がもう少し飲むから」

「…はい」

片付けていれば、その間だけまだこの部屋にいられると思ったのに。

することが何もなくなってしまうと、帰るしかない。俺の飲みかけのビールは零してしまったし、今の話の後で、新しいのを開けられるわけがないから。

「それじゃ…」

カバンを持って立ち上がる。

「玄関先まで送ろう」

彼も一緒に立ち上がる。

もう少し、とか、まだ、とか。引き留める言葉もなく。

「今日は、本当にありがとうございました。それと…、ごめんなさい」

「ばかだな、謝るなって言っただろう」

靴を履く俺の頭に、彼が触れる。

「墓参り、楽しみにしてるから。遊びに行くくらいのつもりで行こうな」

「…はい」

それでも、寂しかった。怖かった。

また彼と会えなくなる日々に戻ってしまうんじゃないかと。

嫌われてしまうんじゃないかと。

「それじゃ、また」

無理に笑顔を作って別れの挨拶《あいさつ》をする俺に伸びてきた彼の手が、一瞬戸惑うように止まったから、
その気持ちは余計に強くなった。

「じゃあな」

わしわしっ、と髪をかき回してはくれたけど、やっぱり彼は俺といることを怖がってるんじゃないかと思うと、不安だった。

またこの部屋に来られるのか。

また笑ってもらえるのか。

それがとても、不安だった…。


怖い。

突然置いていかれることが、怖くてたまらない。

一番好きな人と、一番好きだと思っている時に別れなければならなかった過去を思い出すと、身震いがする。

俺は大好きな仁司さんと、大好きなタロを、一度に失った。

自分のせいではなく、抵抗すら出来ない絶対的な理由で。

また、あの日々がやって来るのじゃないかと思うと、怖くて全身が震えてしまう。

最初から何も持っていないのなら我慢できるけれど、与えられてから奪われるのは辛い。

美しい思い出だった仁司さんも好きで、再会した仁司さんも好きになって、嬉しくて、幸せだと感じてしまった後に、また会うことができなくなってしまうかも知れないと思うと辛い。

しかも、前は彼が俺から離れたいと思っていたわけではなかったのに、今度離れる時は彼が望んで離れて行くのだとわかってるから。

そう言われたわけじゃないのに、失うことに慣れた自分は先のことで怖がってる。

考えなければいいのに、と思いながら、そのことだけが頭を離れない。

「浮かない顔してんな」

翌日、大学へ行っても、俺はその不安を胸に抱えたままだった。

「ん…、ちょっと」

糸田が隣へ座っても、顔も上げずに机に突っ伏したまま返事をする。

「何だよ、レポート忘れたとか？」

「ううん。ちょっと」

「気になるだろ、友達なんだから。俺で力になれるなら言えよ。金はダメだけど」

「違うよ、金じゃない。強いて言うなら幽霊話みたいな…」

「幽霊？」

「うん…。いや、違うのかな」

「何だよ。煮え切らないな。幽霊ならいいお寺紹介してやるぞ」

「いいお寺って…」

笑い飛ばそうとした時、ふっと思い出して顔を上げた。

「そういえば、糸田、前に憑き物落とすのに有名な寺があるって言ってたな」

そうだ。幽霊話ではなかったけれど、確か彼はそんなようなことを言っていた。

「何？　マジ幽霊なの？」

「そのお寺、どこ？」

「どこって下谷《したや》の方だけど」

「詳しい場所、教えてくれないかな」

タロの幽霊のことがなければ、仁司さんと離れなくても済む。

「いいけど」

「糸田って、そういうこと詳しいの？」

「詳しいわけじゃないけど、結構好きかな。幽霊とか化け物とかって、面白《おもしろ》いじゃん」

糸田は自分の携帯電話をいじって、目的の寺を検索しながら笑った。

「幽霊って、…恨みで出てくるんじゃない幽霊って、どうして出てくるのかな」

「そりゃ心残りだろ。お、出た。地図、添付してメールで送ってやるよ」

「うん」

彼が操作すると、すぐに俺の電話が鳴る。

届いたメールの添付ファイルを開くと、都心の寺の地図が現れた。

「着いた？」

「うん」

「そこ、凄くちゃんとしたお坊さんがいるんだぜ。俺も一度世話になったことがあるんだ」

「世話？」

「呪《のろ》いのビデオ撮っちゃってさ。いや、本物かどうかわかんないけど、怖いって思うのあるじゃん。スキー場で撮ったのに、何か映ってたの。で、持ってるの怖くて、雑誌で見たその寺に持ってったら、真顔で話聞いてくれて、ビデオ引き取ってくれたんだ。で、お札も買った」

「幾ら？」

「千円」

それなら俺でも買えるな。

「他に料金とか取られた？」

「全然。お札も、俺がくださいって言ったからくれただけ。普通のお寺だよ。インチキ祈禱《きとう》師みたいなのじゃないいんだ」

「へえ…」

「で、お前の幽霊話はどんなの？」

話すべきかどうか、一瞬迷ったが、全てを正直に言わなければいいだろうと口を開いた。

「飼い犬。子供の頃飼ってた犬の幽霊…、の夢を見るんだ。毎日」

「何だ、怖くないのか」

「でも何で出るんだろうって思うじゃん。俺、大切にしてたのに」

　こちらが真剣だとわかったのか、糸田は眼鏡を拭いて、身体ごとこちらへ向き直った。

「お前のこと、心配してんじゃないの？　バイトとかいっぱい入れて疲れてるんじゃないかって。でなきゃ、もっと可愛がって欲しいのかもよ」

「可愛がってたよ」

「だから、それが嬉しかったから、もっとって思ってるんじゃないか？　唸《うな》ったり噛み付いたりしてないんだろ？」

「うん。甘えてくる」

「じゃやっぱりそうだよ。今度夢に出てきたら、思いっきり甘やかしてやれよ。撫でたり抱いたりしてさ」

　仁司さんを撫でたり抱いたり…？

　ちょっと恥ずかしいな。本人に記憶がないとしても。

「でもさ、夢に見るならお前が原因かもよ」

　俺が想像を巡らせてると、糸田が言った。

「俺？」

「お前が甘えたいんじゃね？　その犬に」

それは…、あり得るかも。

「だったら、どっちにしても今度夢に出たら思いっきり遊べよ。…お前の事情も知ってるけど、俺からすれば遊べなくて大変だなとか思うし、たまにはハメを外せってお告げかもよ」

「糸田」

「ま、中村みたいにハメ外し過ぎも困るけどな」

糸田は教室の隅で、持ち込んだ携帯のゲーム機でみなと遊んでいる中村を顎で示した。

「あいつ、就職のことで悩んでるんじゃなかったのかよ、ホントに」

「気晴らしかもよ」

「だとしたら、気晴らしが多すぎだ」

思いもかけなかった友人の優しい気遣いと、照れ隠しのようなその後の態度に、俺は少し気持ちが軽くなった。

タロは、俺に甘えたかったんだろうか？

かもしれない。現れた二度とも、すぐに俺に飛びついて、耳を舐めてきたし。

耳を舐めるのは、タロの子供の時からの癖で、甘えたい時によくやっていた。なのに俺は『ステイ』と言って、あいつを抱き締めてもやらなかった。

…いや、仁司さんの身体だからできなかったんだけど。

ぎゅっと抱き締めて、思いっきり撫で回してやったら、満足したのだろうか？

それとも、糸田が言うように俺がタロに甘えたかったんだろうか？

今まで、タロの気配を感じたことはなかった。タロが現れたのは、仁司さんに会ったからだ。

子供の頃の俺は、タロにも、仁司さんにも甘えていた。でも、再会した仁司さんはカッコよくて、見知らぬ大人の男の人になっていて、甘えるなんてできなかった。

優しくはしてくれたし、楽しく話もしたけれど、昔と同じとはいかない。

膝《ひざ》の上に乗ったり、首に抱き着いたり、おぶさったり、みたいなことはできなかった。

それを、寂しいと思ったんだろうか？　だからタロがいれば、タロにならそう出来たのにと考えてしまったんだろうか？

…あり得ないことじゃない。

それまでは思い出だけだったけど、仁司さんが現れて、手の届くところに彼がいて、俺の『甘えたい』『甘やかしたい』という欲が強くなったのかもしれない。

でもタロには身体がない。

抱き締めたくても、可愛がってやりたくても、できない。

仁司さんには身体があるが、何をするのかと思われるだろう。

そうなって欲しくはないけれど、もし今度タロが現れたら、抱き締めてみようか？　そうしたら成仏してくれるのかも。

でなければ、お墓を抱いてみようか。

言葉にして、お前がとても好きだったよと言ってみようか。

単純かも知れないけど、糸田の言葉に少し前向きになれた。

お陰で、講義が終わり、大学を出てバイト先へ着く頃には、大分気持ちが浮上していた。

「昨夜は楽しかったみたいだね。あのお兄さんと出掛けたんだろ？」

それが顔にも出ていたのだろう、制服に着替えて店に出ると、丸山さんにそう声をかけられた。

「あ、はい。美味い焼き肉奢ってもらいました」

「あの人、何て言うの？」

「あの人？　仁司さんですか？」

「下の名前で呼ぶんだ」

「だって、渡海さんだとおじさんもおばさんも妹さんも『渡海さん』ですから」

「ああ、そうか。でもいいねぇ、焼き肉か」

「近くにいいお店があったんですよ。高そうだから一人では行けなさそうな」

「へえ。でも俺はギョウザとかも好きだけどね」

「あ、俺も好きです」

「じゃ、今夜一緒に行くか？　今夜は店じまい手伝ってくれるんだろ？」

そうだった。昨日早めに上がらせてもらう代わりに、今日手伝うって言ったんだっけ。

でも…。

「手伝いはしますけど、ギョウザはパスです」

「どうして？　お兄さんとは行ったのに？　焼き肉じゃなきゃダメ？」

「違いますよ。今度出掛ける予定があるんで、外食は避けようと思って」

「出掛ける？　どこに」

「お墓参りです」

「ご両親、健在だよね？」

「当然です。昔飼ってた犬のです」

「犬にお墓なんてあるの？」

丸山さんとの会話に入ってきたのは佐藤さんだった。

わざと丸山さんの腕に手をかけ、彼に隠れるように俺を覗き込む。隣に立てばいいのに、彼に触れていたいからだ。

「ありますよ。普通の霊園の端のところに。うちのは大きいドームみたいなのの中に棚があって、いっぱいズラッと並んでるやつだけど、今は人間のお墓みたいにつくるのもあるみたい」

「へえ…。うちの猫はゴミ収集車に持ってかれちゃった。そういうお墓があるなら引き取ってあげればよかったな」

「酷いな、ゴミに出したのか？」

丸山さんの言葉に、サッと佐藤さんが青ざめる。

「丸山さん」

「え？　あ、悪い」

「…私、洗い場に入ります」

佐藤さんは逃げるように奥へ消えてしまった。

「俺、悪いこと言ったかな」

「『持ってかれちゃった』って言ったでしょう。自分で出したわけじゃないですよ。犬猫の死骸《しがい》は、ちょっと前までゴミ扱いが当たり前だったんです。多分交通事故かなんか、本人の知らないところで死んで、持って行かれたんでしょう」

うちのタロがそうならなかったのは、俺がすぐに見つけられたからだ。

「ゴミって…、生き物だろ？」

「それでも、です。ちゃんと埋葬される方が珍しいんですよ。個別のお墓にするとかなりお金もかかりますし」

俺だって、親に泣いて頼んで出したもらったのだ。半年分の小遣いと引き換えに。

「そっか…。悪いこと言ったな」

「謝った方がいいですよ」

「そうだな。花岡も気分を害しただろ。俺、動物飼ったことないから。謝ってくるよ」

丸山さんは佐藤さんを追って奥に消えた。

ペットというか、動物に対する感覚は人それぞれだ。

飼ったことがある人とない人でも違うし、飼ったことがある人でも、思い入れが全然違う。

俺は、タロを家族だと思っていた。だから悲しかったし、お墓も作った。けれど父親はゴミに出す方がお金がかからないと言い、母親は絶対に庭に埋めちゃダメと言い張った。

仁司さんは戦友と人間のように言ってくれたけれど、きっと丸山さんにとってはただの犬でしかないのだろう。まあ、会ったこともないから当然なんだろうけど。

「やっぱり俺の思いが強過ぎるのかな…」

お客が入って来て、俺は頭を切り替えた。

仕事の時には仕事に集中しないと。

「いらっしゃいませ。何になさいますか？」

ただ、土曜の休みを申請することだけは、忘れないようにしようと思いながら。


その日の片付けは佐藤さんにも手伝ってもらって、三人でギョウザを食べに行った。

今日お休みだった品川さんに知られたら文句を言われそうだけど、今回は仕方ない。

その席で、俺は佐藤さんとずっと話をしていた。

「ミイちゃんて言ったの。中学の時まで飼ってて。外に出してたのが悪かったのね。車に轢かれて…。猫エイズとかあるから家に入れろって言われてたのに」

「交通事故？」

「だったみたい。近所のおばさんが、道路に倒れてるのを見つけてくれたらしいんだけど、ちょうどその日が収集日で、収集車の人が持ってっちゃったよって」

佐藤さんはギョウザを食べながら鼻をすすった。

「そうか、俺の犬も交通事故だった。首輪抜けて逃げたんだ」

「辛いよね、家族だったから」

「うん」

一緒に来た丸山さんは、動物を飼った経験がないのと、昼間の失言を気にしてか、あまり会話には加わってこなかった。

「仕方ないから、ねこじゃらしとか、気に入ってたボールとかを箱に入れて庭に埋めようと思ったんだけど、うちアパートで、土掘ったらすぐ下がコンクリートで埋められなかったの」

「で、どうしたの？」

「今も写真持ってる。見る？」

「見る、見る」

彼女が見せてくれたのは、コタツの中でカメラを向けられて、驚いた顔をしているキジトラの猫だった。

「可愛いでしょう？」

「うん」

「もうちょっとで猫又だったのよ」

「長生きだったんだね」

「だから余計悔しくて。どうしてもっと注意してやらなかったかなぁって」

彼女の気持ちは丸山さんに向いている。

きっと誰かにその悲しみを聞いてもらいたかったのだろう。

けれど動物を飼っている人間には不思議な連帯感があって、彼女はずっと俺にだけ話しかけていた。

そのせいか、帰る時にはちょっと丸山さんは拗ねているようにも見えた。

土曜日の休みを申請した時も、ちょっと考える仕草をしたが、佐藤さんが「手が足りないなら私が出ます」と言ってくれたので、許可が出た。

なので、俺はすぐに仁司さんにメールを送り、土曜日にタロの墓参りに行くことを決めた。


土曜日。

待ち合わせは『スワニー』にした。

駅前だから、そこで会うのが一番だと思って。

時間より早く行くと、俺の代わりに佐藤さんが入っていた。

「丸山さんはいいって言ったんだけど、私が入りたかったの。今日は品川さんいない日だし」

なるほど、ライバルがいない時に、か。

「それに、花岡くんにはお礼したかったし」

「お礼？」

「丸山さんに、冷たいヤツって思われたかもしれないのに、挽回《ばんかい》のチャンスくれたでしょう？ 動物好きな人にはきっと特別なことだったんだねって言ってもらっちゃった。それと…、やっぱりミイちゃんのこと聞いてくれる人がいて嬉しかったから」

「ん、わかる」

「今度、花岡くんの犬の話も聞いてあげるね」

「ありがとう」

彼女と話をしてると、丸山さんが来て、サービスだとコーヒーをくれた。

「試飲用に作ってたから。遠慮なくどうぞ」

「ありがとうございます」

オーダーをする前だったから、俺はありがたくそれを受け取った。

「二人で何話してたんだ？　また犬猫の話？」

「今日、墓参りに行くんです」

「ああ、そう言ってたな。一人で行くの？」

「いえ、ここで待ち合わせです」

「ご家族？」

「いいえ。あ、来た」

その時、仁司さんが入って来た。

「あ、この間のイケメン」

佐藤さんは彼の顔を覚えていたのか、そう言った。

「何だ、コーヒー頼んだのか」

仁司さんが近づいて、俺の手元を覗き込む。

「今チーフにサービスしてもらったんです」

「チーフ？」

彼は二人並んだ佐藤さんと丸山さんを見た。

「初めまして、チーフの丸山です。うちの花岡がお世話になってるようで」

「いや、こちらこそ。望がお世話になって」

二人はにこやかに挨拶を交わした。

「それじゃ、俺もコーヒーをもらおうかな。望、席を取っといてくれ」

まだ早い時間だからテーブルはどこも空いていたのだけれど、そう言われたから俺はカウンターを離れた。

プライベートな会話を聞かれるのも何となく気恥ずかしくて、カウンターから離れた奥の席に腰を下ろす。

佐藤さんは、隣に丸山さんがいるというのに仁司さんに愛想を振り撒《ま》いていた。

やっぱり女の子は可愛いよな。

佐藤さんは目も大きいいし、小柄だし。

仁司さんはああいうタイプが好きだろうか？

そう思った途端、胸の奥がチクンと痛んだ。

痛みの原因はすぐにわかった。自覚がある。

俺ってば、バカみたいに彼女に嫉妬《しっと》したんだ。

本当にバカだ。

俺は男で、仁司さんも男で、佐藤さんは女性なのに。

「お待たせ」

コーヒーを受け取った仁司さんが目の前に座っても、そのチリチリとした思いは消えなかった。

「お墓に行く前に行きたいところがあるって？」

そうだよな。決まった恋人はいないかも知れないけど、こんなにカッコイイんだもの、きっとガールフレンドぐらいならいっぱいいいるだろう。

過去だってわからない。

「うん。友達が憑き物を祓《はら》ってくれるお寺があるって教えてくれて」

「お寺？」

「友達は呪いのビデオを引き取ってもらったって」

「へえ。ＤＶＤじゃなくてビデオってところが曰《いわ》くありげだな」

「でも変なとこじゃないんだって。ちゃんとした普通のお寺だって」

「じゃ、そこに行ってからだな」

「うん」

再会してからまだ三回しか会っていないのに、彼が素敵になったから、昔と変わらないから、もうずっと一緒にいたように気分になる。

昔好きだった気持ちがそのまま蘇って、俺はまた彼に初恋をしてる気分になる。

「あのチーフ、丸山って言うんだな」

「え？　ああそう。いい人だよ。いつも賞味期限切れのサンドイッチとかくれるんだ。苦学生は頑張れとか言って。そんなに苦学生でもないんだけど」

「彼女いないのか」

「いないみたい。でも隣に立ってた佐藤さんは彼狙い」

仁司さんの興味が彼女に向かないように釘《くぎ》を刺す。気に入っても無駄だよ、と。彼女が仁司さんをイケメンと言ったことも教えない。

心の狭い俺。

「そうなんだ。お似合いだな」

でも彼は全く意に介してないように笑った。

よかった。気の回し過ぎか。

「もう一人、丸山さん狙いの女の子はいるんだけどね。今日は来てないけど」

バカだな。佐藤さんだけじゃなく、世の中には可愛い女の子がいっぱいいるって言うのに。

「望はどっちが好きなんだ？」

「どっちも好きじゃないよ。言わなかった？　俺は今忙しくて恋人なんか作ってる暇ないって。仁司さんと会ってる方が楽しいよ」

さりげなくアピールを入れてみるけど、当然それは聞き流された。

「さて、じゃあ遅くならないうちに行こうか。どうもここにいるとお店の人達の注目を浴びてる気がする」

「あ、ごめん」

「望が謝ることじゃない。飲み終わった？」

俺は少し残っていたコーヒーを一気に飲み干した。

「ん、飲み終わった」

「ＯＫ、じゃあ行こう」

カップを返して、店を出る。

出る時に、さりげなく仁司さんが背中に手を回してくれたのがちょっと嬉しかった。出たらすぐに離れてしまったけど。

俺達は空いた電車に乗り、都心で乗り換えて糸田の教えてくれた寺を目指した。

目的の駅で降り、携帯に送ってもらった地図通りに進み、小さな住宅がせせこましく並ぶ細い道を抜けると、突然立派な門構えの大きなお寺に出た。

想像していたのは、もっと小さいお寺だったのだが、観光名所になってもいいぐらい立派だ。なのに瓦《かわら》の載った白い漆喰《しっくい》塀に囲まれた内側は、大きな樹木ばかりで人の姿もなく静寂そのものだった。

石畳を辿《たど》って本殿まで行ったけれど、誰もいない。

強い日差しなのに、木々のせいか暑さは薄い。

それがここを特別な場所のように感じさせる。

「寺務所、どこだろう？」

「あっちみたいだな」

彼は本殿の横を示した。

そこには、『寺務所』と書かれた紙が貼ってあった。

「すいませーん！」

俺が声を上げると、奥から黒い着物姿の男の人が出てきた。

「はい、何でしょう」

穏やかな、中年の男性だ。

だがその人の顔を見た途端、何と説明していいかわからず、俺は声を詰まらせた。

『実は昔事故で亡くなった俺の飼い犬がこの人に取り憑いてるんで祓って欲しくて』

なんて、どう聞いてもおかしいだろう。呪いのビデオなら、ありがちだし、物を納めて気が済むのでしたら、程度で話は済むが、取り憑いてますは…。

「何かご相談でも？」

困っていると、仁司さんが背後から俺の両肩を摑《つか》んで、場所を交替させた。

「こちらで、親身にご相談に乗っていただけると伺ったのですが、今よろしいでしょうか？」

「はい、はい。ご相談ですか。どうぞ。よろしかったらそちらの縁側の方へお巡りください」

「はい」

お坊さん…、なのだろうか？　男の人も一旦中へ引っ込み、本堂の縁側のところへ姿を現した。

「どうぞ、おかけください」

勧められ、俺達は縁側に並んで腰を下ろし、お坊さんはそこへ正座した。

「さて、どのようなご相談でしょう」

仁司さんは片手で俺を制して、自分が語り始めた。

「もちろん、私も分別のある大人です。だがそれでも、時に不安を感じることはある」

「でしょうな」

「昔可愛がっていた犬が、私の知らないところで死にました。もう随分と昔の話です」

自分のことを『私』と言う仁司さんは、とても大人な感じがした。

まるで知らない人みたいに。

「その犬が、私に憑依《ひょうい》している気がしてならないのです」

「あなたに？　あなたはその犬を嫌ってたのですか？」

「いいえ。弟を時々憎らしいと思う兄程度にはあったでしょうが、可愛がっていたつもりです。犬の方も私に懐いてました」

仁司さんは完全に俺に背を向け、お坊さんと話をしていたけれど、制した手を俺の膝に残し、手を握ってくれた。

「だから心当たりがないのです。犬も、悪意があるとは思えません。ですが、私は自分の記憶がない時に犬のような行動をとっていたと。見ていた者が言いました」

「その人物を信用していますか？」

「しています」

「あなたもそれがその犬のせいだと思ってらっしゃる？」

「それ以外の説明がつくなら、その意見を受け入れたいですね」

「ふむ…」

お坊さんは笑ったりしなかった。

何を言い出すのかという顔もしなかった。

真面目に聞いて、真面目に悩んでいるように見えた。

「ずっとその犬のことを考えていましたか？」

「いいえ、正直忘れていました。時々ふっと思い出すことはありましたが、あなたが言ってるのはそういう意味ではないでしょう？　その犬とは…、同じ気持ちを抱いていると感じる時がありました。そして同じ寂しさを感じることも。戦友のように思っていました」

「共感するところがあった、と？」

「そうです。共感です。タロとは、同じものを同じように感じていた」

「ではその『同じもの』を『同じように感じた』のでは？」

俺の手を握っていた彼の手にきゅっと力が入った。

態度は全然変わらなかったけれど。

「当時、犬と暮らしていた時に感じたものを、今まで感じていましたか？」

「いいえ。犬のことを忘れていたのと同じように、忘れていました。いえ、覚えてはいましたが当時と同じようには…」

「そのせいかも知れませんね」

「そのせい？」

「理屈を通せば、その感覚を思い出したから犬のことを思い出し、犬にもその感覚を味わわせてやりたいと思って犬の真似をしてみた。不可思議な話がお好きなら、その感覚を犬の方が共有に来たのかもしれません」

その感覚が何であるか、仁司さんは明確には説明しなかった。

お坊さんも訊かなかった。

二人が黙り込むと、辺りは不気味なほど静まり返った。

ほんの十分も歩けば人通りの激しい駅があるというのに。ここでは遠く、木霊のような電車の音が響いて来るくらいだ。

多分、線路より少し高いところにあるせいだろう。さもなければ、この沢山の樹々が音を遮っているか。

俺は何かを言おうとし、適当な言葉が見つからなくて口を閉じた。

「私は悪魔祓いも祈禱もできませんが、もしそれでお心が休まるなら、読経いたしましょうか？　あなたの犬が心残りなく上がれるように」

「…お願いいたします」

「あの、お札があると聞いたんですけど…」

俺が言うと、二人は同時にこちらを見た。

「お札はありますが、普通の肌守りのようなものですよ？　それでもよろしいですか？」

「はい」

「では御用意いたしましょう。あちらから上がってらしてください」

お坊さんが態度を変えないのも驚いたけれど、仁司さんが正直に自分は犬に憑かれたと言ったのにも驚いた。

それだけ、彼もこのことを気にしていたのだろう。

建物を回り、玄関から中に入って二人で本堂に入ると、黒い着物の上に袈裟《けさ》をつけたさっきのお坊さんが入ってきて、俺達に座布団を勧めてくれた。

「板の間ですから、お辛いですよ」

と笑って静かに読経を始めた。

流れる、音楽のような声。

俺は信心はあんまりないんだけど、手を合わせて必死に祈った。

タロ。

俺はお前が好きだし、会えて嬉しかった。

でも今の状態はダメなんだ。仁司さんの身体に乗り移るなんて、いけないことなんだ。

お前はもう天国に行っていいんだよ。もし心残りがあるのなら、俺に乗り移れよ。俺だったら我慢する。変なヤツと思われても、お前なんだから我慢できる。

でもこの人はダメだ。

仁司さんからは離れて。

お願いだから。

お願いだから。

この人だけには迷惑をかけないで。どんなにタロが仁司さんを好きだったとしても、彼に憑いてはいけないんだ。

お坊さんがお経を読んでいる間、俺はずっと言い続けた。心の中で。

やがてその声が止んだので目を開けると、隣ではまだ仁司さんが目を閉じたまま祈っていた。

だが俺の視線を感じたのか、すぐに目を開けるとにっこりと笑って見せてくれた。

「お気が済まれましたかな？」

「ええ。幾分すっきりしました」

お坊さんの問いかけにも、そう答えた。

「それはよかった。ではお札をお渡しいたしましょう」

痺《しび》れた足でふらふらと立ち上がると、彼は俺に手を貸してくれた。そのまま二人でお坊さんに付いてゆくと、小さなお札をくれた。

特別なものではなく、ここで売ってるものらしい。

本当に良心的なところで、お経のお金は取らず、お札のお金しか取らなかった。糸田の言う通り、千円だけ。

それでは申し訳ないと言って、仁司さんも一枚買った。

丁寧にお坊さんにお礼を言ってお寺を後にすると、仁司さんは歩きながら「いいお寺だったな」と言った。

「うん」

俺もそう思う。

「気が軽くなったよ」

よかった。

「次はタロのお墓参りだ。花とか飾れるのか？」

「うん。いつもはそれとドッグフードを買ってくんだ。コンビニで売ってるような小分けの」

「じゃそれを買って行こう。一番高いのを」

「うん」

駅前まで来ると、今度はあのお寺が夢のように感じた。

都心にあんな大きくて観光ずれしてないところがあるなんて、信じられなくて。でも財布の中には今買ったばかりのお札があったし、お経の声も耳に残ってる。それだけに、気持ちは軽かった。

あんないいお寺に行けたんだから、もう大丈夫という気になって。

電車に乗ったら、今度は霊園だ。

下りの電車で小一時間ほど遠くへ。

郊外の大きな墓地も、人影はまばらだった。

駅前で小さな花とドッグフードを買った俺達は、そのまま奥へ進んだ。

「公園みたいだな」

「公園もあっちにあるよ。小さいのだけど。人間の墓地はあっち」

「動物霊園だけってわけじゃないんだな。最近はペットをちゃんと弔いたいって人も多いし、後でパンフレットをもらって行くか」

「仁司さんペット飼ってないじゃない」

「会社で紹介する」

お寺に行ったことで気が軽くなったせいだろう、会ってからあまり話さなかった仁司さんも、ここへ来てだんだんと喋《しゃべ》り始めた。

「広告代理店みたいに、申し込んできた人の広告を作るだけじゃないの？」

「主な仕事はそれだが、色々新しいものや珍しいものを紹介するサイトもある。動物霊園は珍しいというほどじゃないが、必要とされてるからな。ここはいいところだし、紹介の価値がある」

「へえ…」

敷地の隅にある大きな白い石作りのドームは、入口が開いていた。

中に入ると両側には小さな扉が連なった棚が壁のように並んでいた。

「…わからないな」

「番号なんだ。一二六番」

「番号か。嫌だな、タロって名前があるのに」

そう言ってくれる彼が、嬉しかった。

この人は俺と同じ感覚でタロを思ってくれている。

「名札は付いてるよ。ほら、そこ。頼んだ時には俺が小さかったから、下の方なんだ」

少しすすけた白い扉の下に『花岡タロ』と名札が付いている。

「花が飾れない」

「花やお備えは外。後であげるんだ。声かけてから」

「そうか」

俺達はしゃがんで下の方にあるその扉の前に並んだ。

「久しぶりだな、タロ」

一言だけ呼びかけて、彼は手を合わせた。

俺も、寺でそうしたように手を合わせ、同じことを祈った。

タロは好きだし側にいたいけど、この人には迷惑はかけないで。お前がしてることはいけないこと

なんだよ、と。

祈っている間に、老人が二人、自分のペットのために入ってきた。

みんな同じだ。

彼等は自分達の家族なのだ。

ドームを出ると、指定された献花場所に花を飾り、ドッグフードを置いた。

「ここに置いたドッグフードは、ボランティアの人が引き取った犬にあげるんだって」

「へえ。知っていたら特大のを買ってきたのに。だがそろそろ俺達にもドッグフードが必要だな。腹は減らないか？」

「空いた」

「駅前で軽くお茶をして、戻ろう」

「食事は？　お茶だけ？」

「たいした店がなかったから、戻ってから食べよう。電車の中で腹が鳴らないためのお茶さ。電車の中で何を食べるか、ゆっくり考えればいい」

「…一緒に食事してくれるの？」

「もちろんだ」

仁司さんは俺の肩を組んだ。

「帰って、実験してみよう。お経とお札と、お参りの効果があったかどうか」

「なかったら？」

「きっとあるさ。大丈夫」

肩に置かれた腕は軽く俺を引き寄せた。

季節は二人で密着して歩くには暑かったが、自分から振りほどきたいとは思わなかった。

「この間は焼き肉だったから、今度は寿司《すし》はどうだ？」

彼の明るい声が心地よくて、多少の暑さなんか我慢できた。

「回転ずしなら」

「奢るよ、回らない寿司にしよう」

「仁司さん、俺を甘やかしすぎ」

「いいんだ。他に甘やかしたい相手がいるわけじゃないし」

「でも、毎回奢られてると、それを目当てに会ってるんじゃないかと思われそうで嫌だ」

「大丈夫、お前がそんな子じゃないってわかってるさ」

「子供扱い？」

不満げに言うと、彼は笑った。

「まだ子供だろ。学生だ」

「この間は大人になったって言ってなかった？」

「どうだったかな、忘れた」

「…もう大人なのに」

「大人って自分で言うやつは子供なんだぞ」

霊園を出るまで、彼はずっと俺と肩を組んでくれていた。

話すことも、触れることも、怖がったりせずに。

とても普通に、昔のように。


駅前の古い喫茶店でクリームをたっぷり入れたコーヒーを飲んでお腹をごまかした後電車に乗り、遅い昼食は途中の大きな駅で下車して、仁司さんオススメのカレーの店にした。

彼は寿司でいいのにと言ったけれど、やっぱり回ってない寿司は高そうだし、暑い時には辛いものが食べたいと思って。

インドの人がやってる豪華で異国情緒のあるお店で、入るだけで楽しかった。

彼はエビのカレーを頼んで、俺はチキンのバターカレー。お互いに相手のをちょっともらったりしながら、美味しく食べた。

その間も、彼はずっと喋り続けた。

タロのことで、色々懐かしいことを思い出したと言って。

「望は泣かない子だったな」

　でも俺は彼がナンを千切って口に運ぶのを見ていた。

「そうかな」

　指が汚れないように、器用に丸めて口へ放り込む。カレーやナンの油がついた指を舐めるのが、妙に色っぽかったから。

「そうだよ。だから気になってた。花穂達はよく泣いた」

「女の子だもの」

「だから弟が欲しかった」

「俺は母さんにお兄ちゃんを産んでっておねだりしたな」

「それは無理だろ」

「今はね、よくわかってる。でもその頃は本気だった」

「可愛いな」

　昔を思い出したからか、彼はずっと俺を子供扱いして話していた。

　それでも、またこうして一緒にいられるようになってほっとした。

　二度目の別れの日、最後に彼は俺に触れることを恐れていた。俺の責任じゃないと言ってくれたけど、原因に関係あると思ってるみたいに。

　もう二度と、元のようには喋ってくれないかと思って怖かった。

でも、今は違う。

やっぱりあのお寺がよかったのかも。月曜になったら糸田にお礼を言わなくちゃ。

折角だからと、食後にその街をぶらぶらした。

彼が夏物のシャツを買うというので、デパートやショップをぶらぶらしながらウインドウショッピングを楽しんだ。

まるでデートみたいに。

結局、彼は白地に風景が掠《かす》れた感じにプリントしてあるシャツを一枚買い、お揃いにしようと違う風景のシャツを俺にも買ってくれた。

贈られてばかりは嫌だったので、シャツがラッピングされるのを待つ間にハンカチを買って、彼がシャツを渡してくれた時に渡した。

たいしたものじゃないのに、仁司さんはとても喜んでくれて、こっちも嬉しかった。

長い陽《ひ》が落ちて、辺りが暗くなってくると、仁司さんがそろそろ帰ろうと言った。

「まだ早くない？」

もっと一緒にいたくて、俺はそれに反対した。

「別れるという意味じゃない。俺の部屋へ一緒に帰ろうという意味だ」

「仁司さんの部屋に？」

「試してみようと言っただろう？」

「うん…」

　せっかく元通りになったのに、もう一度タロが憑いて仁司さんが俺から離れようとしたらと思うと、試す事が怖かった。

「大丈夫。俺も望も強力なお札をもらったろ？」

「信じてる？」

「いいお坊さんだった。信じたいね。それに、タロに山ほど頼んだ、もうそろそろ行くべき場所へ行けってね。そっちに行ったら可愛いお嫁さんがいるかも知れないぞって。だから実験してみよう」

「わかった」

「今日は酒は抜きだ。甘い物でも買って帰ろう」

　ケーキを二つ買って電車に乗り、自分達の街へ戻った時には、もう辺りは真っ暗だった。

　部屋へ入ると、彼は仕事道具だというカメラを持ってきて部屋の隅にセットした。

「もし何かが起こったら、何がきっかけでそうなったのかがわかるようにだ。録画するから、変なことをしたら映像に残るぞ」

「変なことなんてしないよ」

「OK、じゃあケーキを食べよう。コーヒーと紅茶と、どっちがいい？」

「コーヒー。じゃ、俺はケーキを出す」

　楽しいけれど、どこかで緊張していた。

多分彼も。

「今度うちのお店のオススメのコーヒー持って来ようか？」

「好みがあるからな。カウンターに入ってる日を教えてくれたら、顔を見ながら飲みに行くよ」

「カウンターに何時入るかは決まってないんだ。適当にローテーションしているから。でも混んでる時が多いかな」

「混んでる時か、あまり好きじゃないな」

コーヒーとケーキで、カレー屋で話していた続きのような話をした。

他愛のない話だ。

食べ物の話とか、この辺りの店の話とか、彼の仕事の話とか。この間途中になってしまった俺の就職の相談もした。

ケーキはすぐに食べ終わり、コーヒーを何度もおかわりした。

おばさんの健康のこと、移った街のこと。俺の弟のこと、新しい母親のこと、大学の友人のこと。

話して、話して、話し疲れてテレビを点けて、流れるテレビの番組のことを話題にして…。

気が付くと、もう真夜中の十二時に近かった。

「何も起こらなかったな」

仁司さんが立ち上がってセットしていたカメラを止めた。

「記憶に欠損は？　俺はないが」

「俺も」

「俺はタロになってた？」

「ううん」

「そいつはよかった」

俺を見た彼の顔がにっこりと笑う。

「実験は成功だ」

その一言で、俺の顔にも笑みが浮かんだ。

「凄い。あのお札が効いたんだ！」

「墓参りかもしれない。どっちにしろ、上手くやるコツは摑んだ」

「上手くやるコツ？」

「つまり、もうタロにならないで済むってことだ」

ああ、タロ。

お前は俺の願いを聞き届けてくれたんだね。

昔から、お前は頭のいいやつだったもの、言えばわかってくれると思ってた。

「よかった。本当によかった」

仁司さんはカメラを片付け、タバコを咥えた。

「一安心だな。思ってたより随分遅くなったから、今日は帰れ」

「うん。…また来てもいい？」

「いいさ。言っただろう？　この件が片付いたら、また昔みたいに遊ぼうって」

「うん」

嬉しい。

本当に嬉しい。

「今日はもうお帰り。明日にでもまた会おう」

「明日？」

「明日がダメなら明後日《あさって》でも、何時でも、望の時間が取れる時に」

「じゃ、明日。昼間は？　夜はバイトが入ってるけど、昼は暇なんだ」

本当は掃除とか洗濯とか、大学のレポートなんかのために空けてある時間だけれど、この際そんなのは後回しだ。

「じゃあ昼、一緒に食事をしよう」

「もう奢りはダメだよ」

「じゃあ割り勘で」

「もしよかったら俺が作るのは？　結構上手いんだ」

「そいつは楽しみだ。それじゃ、好きなように材料を買っておいで。金は俺が出すからレシートを持って来るんだ。俺は料理は一切手伝わない、皿も出さない。それならフィフティだろ？」

「でも…」

「金と労働力は等価交換だ。金だけが価値があるわけじゃない」

「…わかった。何時にくればいい？」

「食事が終わったら少しまた話をしよう。バイトに行く時間まで、そこから逆算しておいで」

「…十一時でも平気？」

「いいとも。じゃあ十一時だ」

仁司さんと、明日の約束をする。

これからはずっとそれができる。

「玄関まで送るよ」

「ありがとう」

普通に会って、普通に話して、楽しく過ごせる。

もうそれを信じて疑わなかった。

だから言った。

「お札、大切にしなきゃね。霊験あらたかなお守りだから。タロが悪いものだっていうつもりじゃないけど」

玄関先で、軽い抱擁をくれた彼に、お札があれば大丈夫だよね、というつもりで。

「お守りというより戒めだがな」

ドアが閉まる寸前、彼が呟いた一言が何となくそぐわなくても、それに大した意味などない。彼もきっと同じ気持ちに違いないと思って。

上機嫌で帰路についた。

明日、彼に何を作ってあげようかと、それだけを考えて…。


その日から、やっと本当に、俺と仁司さんの付き合いが再開した。

大学とバイトで忙しいけれど、仁司さんはその二つを必ず優先させてくれた。

彼にも仕事があるので、大体会うのは夜。

バイト終わりに待ち合わせて、一緒にご飯を食べた。

「うちの店に来てくれればいいのに」

「興味津々で見つめられるのは苦手なんだ」

ということで、待ち合わせは、時間通りに彼が来られる時は駅前で、仁司さんの時間が不確かな時には彼のマンションの方にあるカフェ。

それから近くの、今風の定食屋に行ったり、彼の部屋で俺が料理を作ったり。

あれだけ言ったのに、仁司さんの奢り癖はなおらなかった。

「経費で落としたいんだ。本当はもっといい店に連れて行きたいんだが、これでも望のために遠慮してるんだぞ」

と言って。

「でもそんなに毎日経費が必要なわけないでしょう？　割り勘にしましょうよ」

と言うと、彼は共同経営者だという堂本《どうもと》さんを連れてきた。

髪を短くして眼鏡をかけた、仁司さんよりちょっと堅い感じのする人だ。

けれど中身は、気さくで、明るい人だった。

「やあ、君が望くん？　渡海から話はかねがね聞かされてるよ」

「余計なことを言うな」

「いや、ホント。可愛かったんだってね。こねくり回してたって？」

「堂本」

詳しくは仁司さんが語らせなかったけれど、彼の話から、仁司さんもずっと俺のことを忘れないでいてくれたことがわかって嬉しかった。

「真面目なんだって？」

「そんなことないです」

「でも、渡海に奢られるのを恐縮してる」

「だって、奢ってもらうために会ってるわけじゃないですから」

「じゃ俺は？」

「堂本さん？」

「俺が奢るのならいい？」

「ダメですよ。会ったばかりじゃないですか。奢ってもらう理由がありません」

「失礼だが、生活にゆとりはないんだろう？」

「みんな俺を貧乏だと思ってるみたいですけど、節約してるだけでバイトしてますからそれなりにゆとりはあります。無駄遣いが嫌いなだけです」

「なるほど、真面目そうだ」

堂本さんと仁司さんは顔を見合わせて肩を竦めた。

「だが、渡海が言うのは本当だ。ありがたいことに、我が社は今のところ営業成績はいい。ぶっちゃけ儲《もう》かってる。なのに、経費は人件費ぐらいしかかからない。設備投資は終わってるからね。みんなで一日パソコンに向かってるだけだ」

「経費がかからなければもっと儲かるでしょう？」

「ところが、だ。この国に住む限りは税金というものがある。望くんだったら、自分の持ってる金を何に使われるかわからないお国に渡すか、友人の腹を満たしてやるか、どっちがいい？　俺なら後者だな」

「俺もだ」

堂本さんの言葉に、仁司さんも相槌《あいづち》を打った。

「経費で純利益が減れば、税金がかかる額が減る。なので君の飲み食いは、我が社のためになるわけだ。なので、これからもどんどんこいつに高級店で奢られてくれ。取り敢えず、今日は俺に」

本当だろうか？

仁司さんは俺を説得するためにこの人を呼んだのだろう。でも堂本さんの言うことはもっともに聞こえる。

「わかりました。じゃあ適度に奢られます」

「適度ね。若いんだから遠慮しなくていいのに」

「若いって、堂本さん、仁司さんと同じ歳でしょう？」

「そう。俺達はもう疲れた大人だ。望くんの若さが眩《まぶ》しい」

「堂本」

本当のことを言うと、時々仁司さんの話に出てくる『堂本』さんがどんな人なのか、仁司さんと仲がいいのか、とても興味があった。ちょっと嫉妬もしていた。

こうして会ってみて、二人が学生時代からとても仲のいい友達だったというのがよくわかった。まるで悪ガキみたいな。

堂本さんは、イタリア料理店に俺達を連れて行き、料理よりワインを頼み、陽気に話し続けた。

仕事のことや、学生時代の仁司さんのことを。

「卒業したら、うちに働きにおいでよ。俺が君を気に入ったから、幼なじみの縁故じゃなくて、社長の眼鏡にかなった人物として」

とも言ってくれた。

「考えておきます」

「本当に考えるんだよ。社交辞令じゃなくね」

会ったのはその一回だけだったが、俺の彼に対する印象はとてもいいものだった。

それを伝えると、仁司さんは少しだけ不満そうな顔をした。

「俺より堂本のが気に入ったとか言うなよ？　俺のが長い付き合いなんだからな？」

「ヤキモチ焼いてるみたいですよ」

「そうだとも。お前は俺の大切な…、弟なんだからな。他のヤツには渡せないさ」

「今のところ、俺にとっての一番は仁司さんですよ」

「彼女ができるまではな」

「そんなの、できませんよ」

彼は、俺を大切に思ってくれている。

好きでいてくれる。

でもそれは弟としてだ。

俺だって彼のことが好きだ。でもそれは兄に対するものとは少し違う気する。

けれど、俺はそれには気づかないフリをした。

だって楽しかったから。

一度はタロのことで壊れかけた関係だから、これ以上トラブルを起こしたくなかった。

今のままでいい。

このままでいい。

多くは望まない。彼が突然遠くへ行ってしまうより、何も気づかないフリをして、笑っている方がいい。

タロになった彼に、押し倒されたり舐められたりしなければ、それは上手く行くだろう。

「今日はお土産だ」

「奢りは納得したけど、プレゼントは経費に入らないでしょう？」

「まあそう言うな、これは望にじゃなく、タロにだ」

「タロに？」

「あんまりタロに似てたんで、つい買った。カバンに付けるといい。俺に気兼ねして、首輪を持ち歩くのは止めたんだろう？」

小さなシベリアンハスキーのぬいぐるみのストラップをくれるのは、俺を子供扱いしているからだろう。それでいい。

子供扱いされてれば無駄な期待を抱かなくていい。

「そうする。肌身離さないで持ってる」

「オーバーだな。そんなにタロが好きか」

「タロも、タロを悪者にしなかった仁司さんもね」

「俺もタロが好きだったよ、本当にな」

このまま、この関係がずっと続けばいいと、本当に思っていた。


「最近、駅向こうのカフェによく行くんだって？」

バイトの最中、丸山さんに声をかけられ、俺は振り向いた。

平日の午後のまだ早い時間。店に客の姿はまばらで、丁度暇な時。俺は数日前に大学が夏休みになったので、朝からシフトに入っていた。

「よくってほどじゃないですけど…」

仁司さんとの待ち合わせに、かなり頻繁に使っていたのだが、ライバル店に足繁く通っていたとは白状しにくくて、語尾を濁す。

「飯田さんが何度か見たそうだけど？　スーツ姿の男と一緒だったたって」

でも目撃者がいると言われれば、否定はできなかった。

飯田さんの彼女があそこのドーナツが好きだと言っていたから、きっと向こうも何度か通ったのだろう。

あの店は、ガラス張りだった。外から中が見えるような。

「相手は、あのお兄さん？」

「すみません。待ち合わせに使うには、ここは俺の財布にはちょっと高めなので」

正直に認めるしかないな。

でも事情はわかってくれるだろう。

「言ってくれれば花岡くんの分ぐらいサービスするのに」

「そんなことできませんよ、お店の商品じゃないですか」

「試飲用に作るコーヒーはカウントされない。失敗した時のロス分もある。別に花岡くんの分の一杯や二杯、気にしなくていいのに」

「でも、仁司さんが…」

「彼が？」

「みんなに見られるのが嫌みたいです」

「繊細だな」

少し意地悪そうに丸山さんは言った。気のせいかも知れないけど。

「いつも会ってるんだね、そのお兄さんと」

「はい」

「どうして？」

「どうしてって…」

「大学の友達と遊べばいいのに。しかもバイトが終わってからなんて」

「大学の友人とも遊んでますよ？」

「歳が違うから、話題もないだろう」

「今は就職の相談をしたりしてます」

「ここに就職すればいいのに」

「皆さんにそう言ってもらえるのはありがたいですね。たとえ気遣いでも。でももう少し…」

「皆さんって、お兄さんにも誘われたのか？」

「ええ。自分の会社に来ないかって」

仁司さんがその会社の社長であることは言わなかった。

後で女の子達の耳に入って、仁司さんがターゲットになるのが嫌だったから。

「仁司さんの会社も、ここもいいところだと思うんですけど、俺、やっぱり動物関係の仕事につきたいなと思って。焦ってるけど、考え中です」

「動物ねえ…。この間言ってた犬？」

「そうです。大好きだったんです」

そう言うと、丸山さんはやれやれという顔で笑った。

「花岡くんの一番はその犬か。でも就職のことは考えてくれるといいな。花岡くんは愛想もいいし、真面目だから、いずれ本社に推薦しようと思ってたんだ」

「ありがとうございます。でももう少し考えます。…贅沢《ぜいたく》ですか？」

「いや、いいんじゃないか？　ゆっくり考えればいい。悩んだら何時でも相談に乗るよ」

「丸山さんも悩みました？」

「俺は特には。客商売が好きだったしね。俺も学生バイトの時に一度誘われてたんだよ。だから色々就職試験も受けたけど、結局決めた」

「へえ…」

「悩んでるんなら、俺の経験談でも話してあげようか？」

仁司さんは自分で会社を興しちゃったから、就職活動の経験がない。だから一般論とか、気持ちの問題を相談していたのだが、経験者の話というのは魅力的だった。

「是非」

なので俺はその誘いに飛びついた。

「エントリーシートの書き方とか、色々聞いてみたいこと、あったんです」

「あのお兄さんは教えてくれないんだ？」

「仁司さんは…、その…、縁故だったみたいです」

「ふぅん。いいご身分だな。じゃ、早速だけど、今夜はどう？　それとも、今夜もあの人と約束があるかい？」

「いいえ、今夜は特に」

いつも仕事の様子を見て、メールで夕方ぐらいに連絡があるから、今はまだ予定が入っていない。もし彼から連絡が来ても、今日は予定が入ったと言えばいいだろう。

「よかった。でも今日は早番だったね」

「丸山さん、お店閉めなきゃいけないんでしょう？　どこかで待ち合わせしますか？」

「店の裏手で待っててくれ。十分で片付けを終えるから、夕飯を一緒に食べよう」

「そんなに急がなくてもいいですよ」

「時間も時間だから焼き肉とはいかないし、ファミレスでいいかい？」

「何で焼き肉？」

「前に彼に奢ってもらったんだろう？」

よく覚えてるな。

「あれは久々の再会で、特別だったからですよ。ファミレス割り勘でＯＫです」

「じゃあ十時十五分に裏口の前で」

「はい」

丁度返事をした時、奥から飯田さんがプラスチックの試飲グラスを二つ持って現れた。

「丸山さん、花岡くん。これ、新着のアイランド・ブレンド。アイス用だってさ。客切れたから淹れてみた」

「お、ありがとう。花岡くん、飲んだら感想書いてポップ作っておいて」

「はい」

コーヒーは、小さな氷が入っていたけれど、何となく生ぬるかった。

カップを揺らし、くるくると氷のカケラを回し、もう一度口を付けると、苦味のあるすっきりとした味わいで、美味しい。

今度、仁司さんに買ってってあげようかな。

「ポップ書くなら、二階の席でやりなさい。そこでゆっくり飲むといいよ。飯田さん、グラスに淹れてあげて」

「はい」

俺はロッカールームに戻ってペンと紙を取って来ると、飯田さんからちゃんとしたグラスに入ったアイスコーヒーを貰って二階の一番奥の席で作業を始めた。

「アイランド・ブレンドか…。何て書こうかな」

バラバラっと何種類かのペンを並べ、ポップ用の紙に構図を取り始めた時に、携帯電話が鳴った。

ズボンのポケットから携帯を取り出すと、メールが入っている。相手は仁司さんだ。

『今夜は遅番？　ご飯どうだ？』

やっぱり来たか。

残念だけど今日は仕方がない。

『ごめん、早番だけど今夜はお店の先輩に就職の相談なんです。食事もかねるので終わった後も無理みたい』

返信すると、またすぐに返信がきた。

『先輩って、チーフ？　女の子？』

『チーフです。就職活動経験者なので』

そう送ると、またすぐに返信が来た。

『どこで？』

何故場所なんか訊くんだろう？

まさか、来るつもりかな。

『店で待ち合わせて、多分ファミレス。来るんですか？』

率直に尋ねると、それは否定された。

『紹介してくれるなら会うけれど、今日はお邪魔そうだ。また今度にするよ。就活相談なら、うちの若いのを貸し出してあげてもいいよ？』

心配してくれてるんだ。

それとも就活してなかった負い目かな？　自分だって相談に乗りたいのにっていう。

『ありがとう、そのうちにね。ちなみに、明日なら空いてます。遅番だけど』

『ＯＫ、では明日は俺に空けといてくれ。また明日メールする』

それでやりとりは終わりだった。

子供っぽい対抗心かな。

再会してから、実は彼は子供っぽいところがあるのだということに気づいた。

昔は年上の立派なお兄さんだと思っていたけれど、それは俺の方がもっと子供だったからだ。

彼がブロッコリーが嫌いでよけて残すとか、料理はできるけれど好きではないから手抜きをするとか、裁縫は全然だめとか。

ボタンが取れかかってると言ったら、『捨てたくないな、気に入ってるんだ』と言った時には驚いてつけてあげた。

女性三人と暮らしていたから、そういうことは何でもやってもらっていたりしたのだろう。

一人暮らしをして料理は覚えたが、家事は極力避けたいらしい。

俺を招くリビングはとても綺麗に片付けられていたが、寝室は…、まあそれなりだった。

人に見せるつもりがないからいいんだと言い訳するのも子供っぽい。

もちろん、何度か通う間に俺が片付けたけれど。

昔、一方的に面倒を見てもらった人の面倒を見られるのは嬉しい。彼にしてあげられることがあるのは嬉しい。

仁司さんと会ってから『嬉しい』ことばかりが続く。

その喜びの中に好意が芽生えて、どんどん大きくなってゆく。

もっと彼のことを知りたい、もっと彼に何かをしてあげたい。俺を必要だと思って欲しい。

昔楽しかったことを覚えていると、再びそれを体験しても色褪《いろあ》せるものだと思っていた。でも彼は違う。

昔よりカッコよくて、昔より可愛くて、昔より頼りがいがあって…。とにかく、今も変わらず、いや昔よりも『いい』のだ。

丸山さんが俺の一番はタロだと笑ったけれど、それは違う。

俺の一番は仁司さんだ。

自分でもよくわかっている。彼と居る時間が一番楽しいし、いつも彼に会いたいと思ってる。

でも、それを押し付けると嫌われるんじゃないかと思うから距離を取っている。そして、これ以上彼を好きになってしまうと、まずいとわかっているから。

本当なら、今夜だって先に丸山さんと約束をしていても、断って彼と出掛けたかった。でも、俺にも他の付き合いがあると示しておかないと、依存してると思われたくない。

それに、彼の側にいるために、ちゃんとした社会人にもなりたい。

仁司さんは俺を子供扱いするから。

学生が子供だというのなら、働いて、社会人になって、対等になりたい。

そうしたら…。

俺は首を振った。

そうしたら何かが変わると思ってるのか？　彼は男で、俺も男なのに。

「やっぱり今日会わないことにしてよかった」

断る理由がなければ断れない。断らずに会い続けていればいつか自分の気持ちが一線を越えてしまう。そうなったら側にはいられない。

俺はグラスのアイスコーヒーに口を付け、ペンを走らせた。

『苦味の中にもクセになる美味しさが！』

この苦い気持ちがそうであるかのように。


夜の込み合った時間にバイト先を後にすると、俺は一旦アパートへ戻った。

六畳と四畳半ではあるが、実質は六畳の部屋に四畳半ぐらいの台所が付いてる狭い部屋だ。

仁司さんを招きたいと思って片付けてはいるが、狭すぎて呼ぶ勇気が出ない。

バイトへ持って行った大きなカバンを置いて、そうめんを一束だけ茹《ゆ》でて食べた。義母さんが送ってきてくれたものだ。

義母さんは家の近くのスーパーでパートをしていて、時々こうして食材を送ってきてくれる。

俺と家族は、今が一番いい関係だと思っていた。適度な距離が好意を持続させ、気まずさを軽減してくれている。

それでも、一人なのはまだ時々寂しかった。

時々、だ。今は仁司さんがいるから。

その後レポートをやって、時間になったから手帳と携帯だけを入れた小さなメッセンジャーバッグを肩にかけてまた駅に向かった。

スワニーには駅に向かって一つ、反対側に一つの出入り口がある。駅から来た人と、街から来る人の両方を迎え入れられる作りになっているのだ。

裏口はそことは違い、建物の裏手側にあった。

店員である俺達は店から厨房を抜けて裏手のロッカールームに行くので、そこは主に搬入の業者が使う場所だった。

駅から来る人は気づくだろうが、空のダンボールなどが積まれていて、扉は見えにくい。

俺はそのダンボールの前で、丸山さんを待った。

明かりは薄暗くなっていて、店の扉から飯田さんが出ていくのが見えた。

彼は俺に気づき、片手を挙げて挨拶したが、近づいては来ず、そのまま行ってしまった。

やがて漏れていた明かりが真っ暗になって、ドアが開いた。

「花岡くん?」

「はい」

返事をすると、ドアから白いシャツ姿の丸山さんが姿を現した。いつも店でギャルソン姿しか見てなかったから、ちょっと新鮮だ。

「よかった。いたか」

彼は笑ってドアを閉め、カギをかけた。

「いますよ、約束したじゃないですか」

「二人だけで出掛けるのは初めてだからね。ずっと誘っても断られてた」

「そういうわけじゃ…」

「でもいい。今日は来てくれたからね。お腹空いた?」

「そんなには。時間があると思って、少し入れてきたので」

「じゃ、少し話してもいいかな?」

「話すなら、どっかに入った方が」

「いや、他人に聞かれたくない話だから。こっちに」

彼は完全にダンボールの陰になる場所へ俺を手招きした。ドアの真ん前だ。

「何です?」

丸山さんは言いにくそうに間を置いた。

何だろう？　何か店でトラブルでもあったんだろうか？　この間の就職のこと？

…まさか、バイト首とか？

不安になって見つめていると、彼は意を決したように顔を上げた。

「今度の休み、またあのお兄さんと出掛ける？　渡海…、とかいう」

「え？　ええ」

予想していたのと全く違う質問に、俺は少し面食らった。

何故ここで仁司さんの名前が出るのだろう。

「じゃ、その次は？」

「その次は別に予定は…」

「じゃ、俺と出掛けないか？」

「丸山さんと？」

「そう。一緒にどこか…。花岡くん、夏休みだろう？　少しは遊ばないと」

「はあ…。でも」

「でも？　でも何？」

「どうして突然？　それにそういう話ならファミレスに入ってからでも…」

「ああ、うん。それはまあ、店でもいいんだけど」

もう十時を過ぎているのに、夏の夜は蒸し蒸しとしていて、肌に湿気がまとわりついていた。

もう少し涼しければ立ち話も快適だろうが、この湿気では早く店に入った方がいいだろう。もし食事をするつもりがないのなら、それこそ駅向こうのカフェならまだやってるはずだ。

でも丸山さんはここから移動するつもりはないようだった。

「あの人に、『望』って呼ばせてるだろう？」

「…はい。子供の頃からそうだったので」

「彼のことを名前で呼んでる」

「だからそれは…」

「家族とも知り合いだから？」

「そうです」

「わかってる。わかってるけど…、何か悔しい」

「悔しい？」

彼は俺に顔の横に手をついて、覗き込むように俺を見た。

「わかんない？」

「…何を」

「彼より俺と親しくしてくれって言ってるんだけど」

「丸山さんとは仲良くやってるつもりですけど…」

「そうじゃなくて」

彼は首を振った。

「はっきり言わないとわかんないかな」

「…何でしょう？」

彼は小さく咳払《せきばら》いをした。

「君が好きなんだ」

「はあ、俺も丸山さんは…」

「君とキスしたいくらいに」

「え…？　ええ…！」

「声、大きい」

「あ、すみません」

謝る必要はないのに、注意されて思わず謝罪した。

キスって言った？　丸山さんが俺を好きで、キスしたいって？

「俺、男ですよ？」

「知ってるよ」

「気づいてないかも知れませんけど、佐藤さんと品川さんが…」

「彼女達が俺にモーションかけてるのはとっくにわかってる。まあ、佐藤さんは君にも興味があるみたいだけど」

「それはただペットのことで意気投合してるだけで…」

「だろうね。そう見えた。でもあの男は違うだろう？」

「あの男？」

「君の大切なお兄さん、渡海さんだよ」

指摘されてドキリとした。

自分でもひた隠しにしていた感情を暴かれた気がして。

「俺とは出掛けないのに、あの人とは会ってる」

「それは幼なじみで…」

「幼なじみだからって、優先する理由にはならないだろう？　…いや、花岡くんにとってはそれが理由になるのかもしれない。だが俺は心配だ」

「心配？」

丸山さんは不機嫌な顔になった。

「あの男が、花岡くんのことを好きになったりしないかってことさ」

「まさか。だって…」

「幼なじみのお兄さんだから？　そんなの関係ないさ。あいつは俺を牽制《けんせい》した。『うちの望』とか言って。待ち合わせ場所をうちじゃなくしたのだって、俺から引き離したい独占欲だ。俺が見てないところへ連れて行こうとしてる」

そんな、考え過ぎだ。

向こうの店の方が遅くまでやってるし、向こうの方が安いし、彼の家に近いから。うちの店のみんなに俺の知り合いだからとジロジロ見られるのが嫌だから。

ただそれだけなのに。

でも説明しても聞きそうもなかった。

「君があいつと会うと聞かされる度、心配だった。あの男が君を口説くんじゃないかと。だから、はっきり言っておきたかったんだ。君が好きだって」

「丸山さん…」

「好きだ、花岡くん」

俺の顔の横に突いていた手が肩に置かれる。

「ずっと好きだった」

一歩歩み出て、距離を縮める。

膝と膝が当たるほどの近さに。

「君だから親切にしたんだよ。下心アリだ。もうわかってるだろう？」

「い…、いえ。全然」

俺は逃げるようにぴったりと扉に身を寄せた。

まさかこんな展開になるなんて…。

「君のために、今までも色々してきたつもりだったのに？　誘ったり、可愛いと言ったり、残りものをあげたり」

「あれは単に俺が貧乏だからだと…」

「最初はそのつもりだった。頑張ってる姿が好印象だなって。必死にアピールして、ベタベタして、仕事をサボることしか考えてない女の子達よりずっといいって」

「彼女達は別にサボったりは…」

「気が付かなかった？　よくロッカールームで化粧直ししながらメールしてるのを。外の掃除をすると言っては近くのドラッグストアで買い物したり。実にこまめにサボってたよ」

知らなかった。

さすがチーフなだけはある。

「だから君に惹《ひ》かれた。元々そっちの気もあったんだ」

「ええ…っ？」

驚きの声を上げた俺の唇に、シッというように指が当てられる。

「あの男の出現で、もう我慢ができなくなった」

更に近づかれ、もう逃げ場のない俺は慌てた。

近すぎる。

「丸山さん、近い」

「言っただろ？　キスしたいって」

「聞きました。聞きましたけど、俺、ＯＫしてないです」

暑いからでなく、だらだらと汗が流れる。

何コレ。

何で丸山さんがこんなことを。

「じゃ、ＯＫしてくれないか？」

近づいてくる顔は、もう冗談じゃ済まないだろう。

「近い、近い、近い！」

「シッ、静かに。人に見られるぞ」

見られて欲しい。

そして助けて欲しい。

「花岡くん」

両手で肩を押さえられ、ますます逃げられなくなる。

待って。

そんなうっとりした目で見られても、俺は丸山さんはバイトの上司にしか見えないんです。キスするなら、好きな人としたいんです。

「ひ…」

突き出された唇がグッと近づく。

咄嗟《とっさ》に顔を背けて逃れると、唇は耳に当たった。

何度か、仁司さん（タロ）に舐められたりしていたのに、あの時感じたくすぐったさとか、ゾクゾクッとする快感とは違う。

柔らかい肉の感触が、妙にグロテスクで生々しい。

しかもその唇が耳を舐《ねぶ》った瞬間、俺の中で何かがプッツリと音を立てて切れた。

「ひ…、仁司さん…っ。タロ！　仁司さん、仁司さん、仁司さん…っ！」

頭の中に一人と一匹の姿が浮かび、それがたった一人の顔になった。

「シッ、花岡くん」

口を塞がれ、扉に押し付けられる。

「あの男のことなんて…」

そう言った丸山さんの身体が、突然俺から引き剝《は》がされた。

「うわっ！」

肩を摑まれていた俺も一緒に引っ張られ、積み上げられたダンボールの箱にぶつかった。だが下の方には中身が入っていたのか、箱は倒れず、クッションのように俺を受け止める。

「何をしている」

低い声。

「何をしてるのかと訊いてるんだ」

視線を向けると、そこには仁司さんの姿があった。

見たこともない険しい表情。

まだ丸山さんの襟首を摑んだまま離さず、伸びるのも気にせずそのまま引っ張って俺がいたドアの前に彼を押し付ける。

「何をしていた！」

「大きな声を出すなよ。人目がある」

「人目を憚《はばか》るようなことをしてたのか」

「君には関係ない」

仁司さんの勢いに気圧《けお》されたように、丸山さんは目を逸《そ》らした。

「関係ないだと？　こいつは…」

何かを言いかけていた仁司さんの動きが止まる。

次の瞬間、その顔が変わった。

歯を剝《む》き出すようにして唸り、鼻に皺《しわ》を寄せ、まるで獣のような声を上げる。

そして…、咬《か》んだ。

丸山さんの首を、思い切り。

「ぎゃあ…っ！」

丸山さんが悲鳴を上げて仁司さんを突き飛ばす。

「仁司さん！」

けれど彼はもう一度、背を向けた丸山さんのシャツに咬みついた。

「やめろ！　暴力に訴えるなんて卑怯《ひきょう》だぞ！　彼が好きならちゃんと…」

咥えたシャツが伸びる。それでも彼は離さなかった。

「ヴヴゥ…」

立派な大人が、する行動じゃない。

これではまるで…。

「よせっ！　渡海さん、やめてくれ！」

丸山さんが悲鳴にも似た声を上げた。

これでは誰か来る。来てしまう。

こんな姿の仁司さんを、人目に晒《さら》してしまう。

「タロ！　戻れ！」

確証はなかった。

だってお札が効いたはずだから。

お寺と墓参りをしてから、一度もタロは姿を現さなかったから。

けれど、俺の一言で、仁司さんは丸山さんのシャツを放した。

……ああ。

「付け」

腿《もも》を叩くと、仁司さんは俺の横に付いた。

やっぱり…。

絶望的な気持ちで、俺は丸山さんの前に立った。仁司さんを隠すようにして。

「今夜のことは忘れます。だから丸山さんも忘れてください」

「そいつはおかしいぞ！」

咬まれた首元を押さえて、彼は吐き捨てた。

「あなたのしたことの方がおかしいでしょう。俺はキスしていいなんて言わなかった」

「俺は君が好きなんだ」

「好きになったら何をしてもいいわけじゃありません。とにかく、今夜は失礼します」

「花岡くん！」

「大きな声を出すと、人が来ますよ。そのみっともない格好を見られても説明できないでしょう。お互い今日は帰った方がいいです。明日はちゃんとバイトに来ます。その時に話しましょう」

俺は小声でタロに命じた。

「ついて来い」

この人を早く人目から遠ざけなければ。

丸山さんに仁司さんの変化を気づかれる前に。

ダンボールの横を通って通りに出ると、学生らしい数人が立ってこちらを見ていた。

大声を出していたから、やはり人に気づかれたのだ。夜の十一時前なら、駅にはまだ人通りも多い時間だもの。

この状態の仁司さんを連れて、駅のコンコースを抜けてゆくのは危険だ。

俺はくるりと向きを変えて、遠回りだが駅を避けた道を選んで彼のマンションへ向かった。

「タロ、来い」

俺の声に喜んで付いてくる仁司さんの手を引いて。


タロは、暗い道を黙ってついてきた。

マンションに入る時も、彼の身体を探ってカギを取り出す時も、おとなしくしていた。

ドアを開けてもすぐには中に入らないので、俺が先に中に入って「おいで」と彼を呼んだ。

靴を脱がずに上がろうとするから、慌てて止めてその足から靴を脱がす。

もう自由になったと思ってそのままタロは奥へ走って行った。

ため息をついて彼を追いかけ、暑い部屋に入って行き、勝手知ったる何とやらでクーラーのスイッチを入れ、ソファへ腰を下ろす。

仁司さんは戻ってきて、俺の足元に座った。

いや、タロは、だ。

「タロ…」

「ワン！」

「お前…」

どうして戻ってきたんだ。

ちゃんと天国に行ったんじゃないのか。

会いたかったし、さっき丸山さんに襲われた時、お前の名前を呼んだ。呼びはしたけれど、仁司さんの身体に帰ってきた欲しかったわけじゃない。

「とにかく、元に戻さなくちゃ」

これからのことを、また考えなくちゃ。

でもどうやって？

供養もした、お祓いもした。

この上何をしたら、タロは成仏してくれるんだ？

今はいいかもしれないけど、もしこのままずっと成仏できずに悪霊とかになったら？

本とか心霊番組とかで、彷徨い続けている霊魂は悪霊になるとか聞いたことがある。仁司さんの身体を乗っ取って悪霊…。

さっき丸山さんに唸りを上げて飛びかかった姿を思い出す。

あんなふうに、誰かに飛びかかって怪我をさせたら。仁司さんの人生に傷が付いてしまう。

「タロ…」

俺が名前を呼ぶと、仁司さんは呼ばれたと思ってソファに飛び乗ってきた。

「あ、こら」

大きな身体でのしかかられて仰向けに倒される。

心配そうに鼻を鳴らして顔を近づけてくる。

「そうか…、心配してくれたんだな？」

丸山さんに迫られて、俺が助けの声を上げたから襲われてると思ったんだろう。だから戻ってきてくれたんだ。

丸山さんを俺を害する敵として認識したから、彼に向かって行ったのか。

「大丈夫だよ」

怒れないな。

俺は仁司さんの顔に触れた。

ここにいるのは確かに仁司さんなのだが、中身はタロだ。

タロは、自分を守るためにいるのだろうか？　仁司さんに再会して、俺が一人を寂しいと思うようになってしまったから。だとしたらこの現象の全ての原因は俺にある。

俺がもっと一人で生きていけるようになれば、もっとタロが安心できるようになれば、タロは昇天するんだろうか？

仁司さんの顔をして、俺に鼻を押し付けてくるタロ。

近くにある仁司さんの顔に胸が詰まる。

丸山さんがキスしようと迫ってきた時、俺の頭の中にはこの人の顔が浮かんだ。この人しか浮かばなかった。

キスするなら、仁司さんがいい。

ずっと考えないようにしていたことが、丸山さんのせいでクリアになってしまった。

キスするなら…、キスしたいのは、仁司さんだという気持ちを。

一緒にいると楽しいのは、過去があるからじゃない。今の仁司さんと一緒にいるのが楽しいのだ。

この人の側にいて、キスしてもらいたいのだ。

恋をしてるから。

「仁司さん…」

中身が違ってるとわかっても、その顔が近づくとドキドキする。

また耳を舐めようと擦り寄られると、切なくなる。そうしたいのは『タロ』であって『仁司さん』ではないから。

俺が落ち込んでるのがわかるのか、耳を舐める舌は遠慮がちだった。タロは俺の気持ちをよくわかってくれる子だったから。

どんな時も、俺のことをよくわかってくれていた。

寂しい時は側にいて、怖い時は守って、悲しい時は寄り添い、楽しい時は一緒に跳ね回って…。

「やっぱり、俺か…」

そっと触れる舌がゾクリとさせる。

肩に置かれた手が熱い。

タロが戯れてるのに、仁司さんにいけないことをされてる気分になる。

いけない気分になるのに、離れられない。

だってこれは仁司さんだから。

この気持ちが、いけないのかも。

俺はタロの、…仁司さんの耳にそっとキスした。

どっちにしたキスか、自分でもわからなかった。

タロになら、『いい子だ』という気持ちだが、仁司さんになら…、『好き』という気持ちだ。

「ん…っ、やめろって…」

舐める舌が危険な感覚を生みそうになって、俺は慌てて付けたままのバッグから携帯電話を取り出した。

これで彼の携帯に電話して、着信の音を鳴らせば終わる。

俺もバカではない。子供でもない。

これで終わるのはわかっている。

やるべきなのに、ボタンにかかった指が動かせない。その結果が想像できるから。

でも鳴らさずにはいられなかった。

自分のためではなく、彼のために。

「こら、タロ！」

タロの前足が、仁司さんの手が、シャツの裾《すそ》に引っ掛かってそれを捲《まく》り上げた時、もう危険だと慌ててボタンを押した。

「タロ！」

手がシャツの中に入って直接肌に触れても、タロは気にせず俺に擦りよってくる。当たり前だ、犬なのだから。

それを押さえるために携帯を床へ落として仁司さんの肩を押し返す。

その時、彼の携帯電話が鳴った。

高く響き渡る音。

擦りよっていた仁司さんの身体が止まる。

電気ショックでも受けたみたいに、彼は俺から飛び離れた。

中に入りこんでいた手が、シャツを引っかけて引っ張ると、その顔は困惑に変わる。

「望…？」

ゆっくりと、シャツから手が引き抜かれ、彼が小さく首を振る。

「またか…」

「仁司さん」

「俺は今、何をしてたんだ？　服を脱がそうとしてたのか？」

「違うよ！　そんなことあるわけないじゃない。…タロが、慰めてくれてただけだよ」

「タロか…」

彼は俺から離れ、キッチンへ行くとグラスを持って戻り、棚からお酒のビンを取りグラスへ注いだ。なみなみと注いだ琥珀《こはく》色の液体を水や氷で薄めることなく喉に流し込む。

動揺しているのだ。仁司さんも、もう全て終わったと思っていただろう。なのに、こんなことになってしまったから。

「あの男は？」

「大丈夫、気づかれてないよ。すぐに別れたから」

「…そうじゃない。襲われてただろう」

言われて返事に戸惑った。暴力を振るわれたと思っているのか、事実に気づいているのかわからなかったので。

「何かされたのか？」

「ちょっとふざけて…」

「俺の名前を叫んだだろう」

そうだった。

「…好きだって言われて、迫られただけ。男同士だから驚いて…」

「キスされた？」

「されてないよ！」

「されそうになって、驚いて声を上げた？」

「…うん」

彼はもう一度手の中の酒を呷《あお》った。

「大丈夫だよ、ちゃんと断る。話せばわかる人だと思うし。俺にはそういうつもりはないから」

「そうだな、男同士だしな」

その一言は胸に刺さった。

自分の想いの可能性が摘み取られる言葉だったから。

彼には、男同士の恋愛なんて想定外なのだ。あり得ないことだから、断る、という俺の言葉を信じてる。

「揉《も》めるようだったら、別のバイトを探せ。見つからなかったら紹介してやる」

「大丈夫だよ」

俺は三度、『大丈夫』と繰り返した。大丈夫ではなかったから。

これから彼が話すことを考えると、全然大丈夫じゃない。でも平静でいなければならないから、言葉を繰り返すことで落ち着こうとしていた。

「望」

グラスが空になると、もう一杯を注ぐ代わりに、彼はタバコを咥えた。

「俺はタロになったんだな？」

「うん」

「あいつに何かしたか？　どうやってここへ戻った？」

答えにくい。

「望」

「咬み付いた…。首と、シャツに。でもすぐに『戻れ』って言ったら戻ってくれた。丸山さんは…、怪我はないと思う。シャツは伸ばされたけど。おかしいって言われたけど、怒られて当然のことはしてたから、何とか言い訳はできると思う」

仁司さんは離れた場所に座って、頭を抱えた。

「帰りも人目のつかないところを帰ってきたし、『付け』って言ったら言う通りにしたから問題ないよ。タロが散歩の時に行儀がいいのは知ってるでしょう？」

だが同意は得られなかった。

そう思ってないというのではなく、そんなことに返事をする余裕もないみたいで。

「望」

「…はい」

「お前のことは可愛いと思うし、大好きだが…。こうなった以上俺達は会わない方がいいと思う」

…覚悟していた。

彼が意識を取り戻したら、この話題が出るだろうと思ってた。

「原因はわからないが、タロが現れるのはいつもお前と一緒の時だ。離れてる時には何も起きない。実は…、堂本にそれとなく話をして、会社では彼に見張ってもらってた。だが、一度も俺がおかしくなったことはないそうだ。自分でも、記憶が飛んだことはないと思う。だから…」

「俺が原因だよ」

「そうは言ってない」

「でもきっとそうだ」

「望」

「タロは悪くないんです。俺が寂しいと思ってたから、きっと側にきてくれたんだ。俺を慰めるために、あなたの身体を借りたんだ」

「そんなことない。墓参りにいった後はそういうことはなかっただろう？　一緒にいたのに」

「でもじゃあ他にどんな理由が？」

仁司さんには答えられなかった。

口に出して肯定はしないけれど、彼も薄々そう感じてたんじゃないだろうか？

「…暫くの間だけだ」

「はい」

「寂しくなったら、堂本を呼べばいい。あいつもお前のことは気に入ってたし」

「大学の友達もいますよ。バイトでも親しい人はいますし」

あなた以外の人なんて、関係ない。

「あの男は…」

「丸山さん以外にも」

「…その方がいい。あの男には近づかない方が」

「バイト先の上司ですから、無理です。でも、ちゃんと話をします」

「堂本を同席させて…」

「いいえ。自分で話します。もう大人ですから、自分のことは自分でカタをつけます。これ以上仁司さんに迷惑はかけられないし」

「迷惑なんかじゃない」

顔を上げ、真っすぐにこちらを見る目は、偽りのない視線だった。

「俺が、悪いんだ」

「タロが悪い、とは言わないんですね」

「タロは悪くないだろう。あいつは…、望のことが心配なだけだ。お前だって、タロのせいとは言わないじゃないか」

「タロが意図してやってるとは思えませんから…」

「そうだ。あいつはただ『いる』だけだ。害はない。犬の身体だったら、あいつのしてることは普通のことだ。飼い主に懐いて、甘えて、…守ろうとしただけだ。だがそれが俺の、人間の身体だからおかしくなる」

「…ですね」

「お前に迷惑をかける」

「そんなことはありません。俺の方が…」

「どっちにとっても、いいことじゃない」

彼はタバコを消して、また新しいのに火を点けた。

「いつまで、とは言えないが、一生というわけじゃない。暫くの間だけだ。お互い落ち着くまでの話だ」

一週間かもしれない。一年かも、十年かもしれない。『いつまでとは言えない』というのはそういうことだ。

「その間も、困ったことがあったら、何時でも電話してきていいよ」

「ありがとうございます…」

俺は床に落ちていた自分の電話を拾い上げ、立ち上がった。

「…お礼を言うの、忘れてました。今日は助けてくれてありがとうございます」

「通りかかっただけだ。気にしなくていい」

「それでも、好きじゃない人とキスしないですみました」

「ファーストキスはまだか？」

「タロに舐められたのをカウントしなければ」

それでやっと彼の顔に笑いが浮かんだ。

「どこまでも『タロ』だな。玄関先まで送ろう」

「いいよ。このままで。送られる方が…、辛い。本当にもうずっと会えなくなるみたいで」

「望」

「じゃあね」

俺は笑って、背を向けた。

仁司さんは見送りに付いてはこなかった。

ドアを開け、ドアを閉め、エレベーターに乗って、エレベーターを降りて、建物を出ると真っすぐに自分のアパートへ向かった。

一人で、わき目もふらず。

今夜は最低の夜だ。

泣きたいほど最低の夜だ。

でも、誰も誰かを嫌っていた訳ではない。憎んでたわけでもない。みんな『好き』だっただけだ。

丸山さんは俺を好きだったから襲ってきただけで、俺は仁司さんを好きだったからそれを拒んだ。

タロは俺を好きだから、守ってくれようとした。

仁司さんも、俺を好きでいてくれるから、『別れる』ではなく『暫く離れる』と言った。

でも、やっぱり俺にとって今夜は最低の夜だった。


再会しなければよかった、とは思わなかった。

ずっと、ずっと、ずっと会いたい人だったから。

別れることが以前よりも辛いと思っても、会わないままでいるよりはずっといい。

彼が俺を忘れないでいてくれたことも、好きでいてくれたこともわかった。今も素敵な人で、優しくて、楽しくて…。

幼い初恋が、本気の恋になってしまうほど素敵だった。

でも仁司さんにはその気がなくて、自分達は男同士だから、結局この恋は叶わない。

今回のことで離れることになったのは、却ってよかったのかもしれない。

もっと好きになったら、もっと側にいたら、この気持ちを口に出してしまったかもしれないし、そうなったら『もう二度と会わないことにしよう』と言われただろう。

今なら、また『暫く』したら会えるかもしれない。

きっと会えるだろう。

だから、それまでに、この気持ちを消してしまおう。

そのための時間ができたと思えばいい。

再会して嬉しかった。

その気持ちだけが残るように。

たとえ大きな努力が必要だとしても。

翌日、俺は定刻通りにバイトに向かった。

店へ行くと、丸山さんはもう来ていた。

店を一番に開けるのが彼の仕事なのだから当然だ。

「おはようございます」

いつもは向こうから声をかけてくるのに、何も言われなかったから。

「…おはよう」

丸山さんは、首のところに大きなガーゼを当てて、それをテープで止めていた。あそこが、『タロ』に咬まれたところだろう。

「昨日のことで話があるんですが」

彼は一瞬迷ったようだが、黙って頷いた。

「飯田さん、ちょっとシフトのことで花岡くんと話があるから、暫く頼む」

「はい」

キッチンにいる飯田さんに声をかけ、こっちを振り向くと「コーヒーでも飲むかい？」と訊いた。

「いえ、すぐ仕事に入りますから」

でも俺は断った。

彼はまた黙って頷き「奥へ行こう」とロッカールームへ誘った。

「人に話は聞かれないが、悲鳴を上げれば飯田さんが気づく場所だ」

自嘲《じちょう》しながら。

カウンターには品川さんが入っていて、フロアに客は一人だけだった。

俺が先に入り、丸山さんが後に続く。

ドアを閉めると、彼はそこを塞ぐように扉に寄りかかった。

俺は一個だけ置いてある丸イスに座り、彼を見上げた。

「昨日のことか。いい話じゃないんだろうな」

「丸山さんが、冗談でしたことじゃないと思うので、ちゃんと話をしたかったんです。お怪我、大丈夫ですか？」

言われて彼は首のガーゼに触れた。

「大したことはない。ただ歯型がね、残って。みっともないだろう？」

「すみませんでした」

「あの男のことで君が謝る必要はない」

でも俺の飼い犬のしたことですから、とは言えない。

「あの男はおかしいよ。人を咬むなんて」

「殴るわけにはいかなかったので、咄嗟だそうです。顔に青アザが残るよりマシかと思ったみたいです」

「まあね。顔だと隠しようがない」

「シャツは弁償します」

「あの男が？　花岡くんが？」

「俺が」

彼は肩を竦めた。

「いいよ。大して高いものじゃない。それで、話って？」

俺は真っすぐに丸山さんを見た。

「正式に、お断りします」

彼の目の奥が揺れる。

「それは…、君を好きだと言ったことかい？　それとも就職の…」

「好きだと言われたことです」

「昨日はガッつき過ぎたと反省してる。あの男に君を取られるんじゃないかと焦ってたんだ。誓うよ、二度とあんな不埒《ふらち》な真似はしない。だから…」

「何を言われても同じです。俺は丸山さんは好きだけど、それはバイトの上司としてだけです。それ以上でもそれ以下でもありません」

「男だから？」

「いいえ」

「俺だから？」

「そうです」

「じゃ、俺以外の人間なら？」

意地悪な彼の言葉に言葉に詰まらせると、更に問いかけてきた。

「あの男だったら？　幼なじみの優しいお兄さんだったら？」

もちろん、すぐにＯＫするだろう。彼が自分を求めてくれるなら。

だがそれには答えず、目を落とす。

「俺には…、好きな人がいるんです」

知られたくない。知られたとしても意味はない。彼が俺を見ていないのだから。

「誰？」

「言う必要はないと思います。でも片想いです。誰にも、本人にも言うつもりはありません」

「諦めてるんなら、俺でもいいだろう？」

「じゃあ俺を諦めて、可愛い女の子と付き合ってください」

丸山さんは何か言いかけてから口を閉ざし、苦笑した。

「確かにね、そう簡単には行かないな」

「俺はバイトを辞めた方がいいですか？」

「どうして？　辞めたいなら止めないが、俺を理由に辞めるのなら引き留めたいな。俺はまだ諦めない。君があの男の恋人だと言うなら残念だがそうじゃないんだろう？　いや、彼じゃなくても、まだ花岡くんが独り身なら、じっくり責めるよ」

「俺は…」

「今は考えなくていい。だが人の首に齧《かじ》り付くような男より、俺の方がいい男だと思うよ」

あれはタロでしたから。

「今日は早番であがっていい。シフトは今のままで。就職の話同様、君がゆっくりと考えられるようになるまで待とう」

「丸山さん」

「暫くは、君に愛の告白はしない。先走って手を出したりもしない。今まで通りでいい。君が他の人のものになるか、俺を振り向いてくれるか。俺が他の人を好きになるか、我慢できなくなるまで、この話題は出さないことにしよう」

なかったことにはしてくれないのか。

「着替えて店に。俺は先に行く」

「…はい」

丸山さんはよりかかっていたドアを開け、そこから出て行った。

悪い人ではないのだ。ちょっと軽いところはあって、ちょっと強引ではあるけれど。

ここにきてからずっとよくしてもらってきていた。

でも彼に恋はしなかった。

きっと最初から恋愛の相手として見られなかったからだろう。

仁司さんと出会ったのが、もっと後だったら、ひょっとしたら彼にも恋はしなかったのかもしれない。ただの優しいお兄さんで終わっていたかも。

彼は俺が性別による恋愛の垣根を作る前に、俺が一番寂しい時に、一番側にいてくれた。理想的なポジションで。

あの時は恋を知らなかったからそのまま終われたが、今は恋を知っているから『一番好き』が恋愛なのだと思ってしまう。

もし、どれか一つでも欠けていたら、こんなに悲しい思いはしないで済んだのかも。

『ひょっとして』とか『もし』なんて、今更考えても仕方がないが…。

自分のロッカーを開けてシャツを脱ぎ、制服の白いボタンシャツに着替える。

忙しく働こう。

大学が休みで、友人と気晴らしに出掛けることができないのなら、働いて頭を空っぽにした方がいい。

身体がクタクタにくたびれてしまえば、余計なことを考えずに済むだろう。

「花岡、入ります」

店では、丸山さんが品川さんと話をしていた。

いつもと少しも変わらないその態度に、彼は大人だなと思った。

でなければ、とても強い人なのだな。と

古い日本家屋に、夕暮れまで俺とタロだけ。

そういう日が当然だった。

寒くても、暑くても、晴れてても、雨が降っても。

人はどんな環境にも、いつしか慣れてゆく。

だから俺もそんな環境には慣れてしまった。

あと何時間か経てば、両親が帰って来る。今ここにはタロがいる。だから寂しさも怖さも感じない。

ただ二人で、楽しいことだけ考えていればいい。お互いの存在を感じていればいい。

けれど慣れるというのはそれを望んでいるわけではない。

慣れるという言葉の下に、感覚を消してゆくだけなのだ。

だから、いつもと違ってしまうと、その『慣れ』が消え、消し去ったと思う感情がどっと溢れてきてしまう。何倍にも膨れ上がって。

あの台風の夜がそうだった。

酷い雨と風で、働きに出ていた両親からそれぞれ電話が入った。

台風のせいで電車が止まった。だから、帰るのが遅れるだろう。何時になるかわからない、と。

電話をもらった時には、薄暗くてもまだ外は明るかった。だから俺はいつものように答えた。

「平気だよ。タロがいるもん」

嘘ではない。

その時は本当に平気だと思っていた。

けれど、日が落ちて雨風は益々強まり、古い家はあちこちガタガタと鳴り、俺は怖くて家中の電気を点けた。

玄関も、廊下も、座敷も、台所も、トイレも、風呂も、自分の部屋も。

そうしてから、座敷でタロに抱き着いてテレビを見ていた。

突然、全ての明かりが消えるまで。

停電だ。

誰もいない家で、激しい音と闇《やみ》に包まれた瞬間、『平気』はどこかへ飛んでしまった。

「タロ！」

ぎゅっと抱き締める毛皮の塊。

タロは鼻を鳴らして俺の顔を舐めた。

「停電だよ。電気が切れたんだ」

わかってる。

怪物がやってきて、この家を揺すってるわけじゃない。魔法のように、光が奪われたわけじゃない。

台風の時には停電することがあるのだ。

ただそれだけなのだ。

それを自分に言い聞かせるように言葉にした。

でも、恐怖は消えなかった。

「…タロ。絶対離れないでね」

お父さん達がすぐ帰って来る。電車さえ動けば、お母さんと一緒に。

では何時電車は動く？

何時迄《まで》このまま？

眠くなってしまったらどうしよう。寝てる間に『何か』が来たら？

心臓の音が、風が揺らす窓よりも大きく耳に鳴り響く。

「タロ」

その時、ガタンと大きな音がした。

「何！」

側にいてねと言ったのに、タロは立ち上がった。

「やだ、タロ！」

引き留めようとその身体に縋《すが》り付く。

湿った風が吹き、雨の音が大きくなる。

『何か』が、玄関のドアを開けたのだ。両親が帰って来ると思っていたから、カギをかけていなかった玄関のドアを。

恐怖で叫びだしそうになった時、タロが一声吠えた。

「花岡さん、いらっしゃいますか？」

そして聞き慣れた声が響いた。

「仁司さん…！」

俺はタロから手を放し、真っ暗な中を真っすぐ玄関に向かって走り出した。

「仁司さん！」

ドアが閉じられ、玄関先にはオレンジ色の丸い明かりが床を照らしていた。

懐中電灯の光だ。

その向こうに、雨ガッパを着た仁司さんが立っていた。

「望」

名前を呼ばれ、泣きながら濡れたままの彼に飛びつく。

「こら、濡れるぞ」

「仁司さん、仁司さん…。怖かったよぅ…」

濡れるからと引き離そうとした手が、ぎゅっと俺を抱き締めてくれる。

頼れる人が来た。もう大丈夫だ。そんな安堵が涙を流させた。

「おじさん達は？」

「電車止まって、帰れないって…」

「やっぱり。停電になる前に、ニュースでそんなこと言ってたから、心配で見に来たんだ。ほら、ちょっと離れろ。靴脱ぐから」

長靴と雨ガッパを脱ぐと、彼はそのまま家の中に上がってきてくれた。

「タロ、よしよし。よく守ったな」

大きな手が、タロの頭をわしわしと撫でる。タロも安心したのか、彼の手を舐めた。

そのまま一緒に座敷まで行くと、仁司さんは持ってきた懐中電灯をテーブルの上へ置いた。

微《かす》かな明かりだったが、その暖かな明かりが仁司さんとタロを浮かび上がらせるから、俺は涙を拭った。

「ほら、おいで」

大きな手が俺を抱き上げて膝の上へ座らせる。

「おじさん達が帰って来るまでいてやるから。父さん達にもそう言ってきたから」

「ずっと？　ずっといる？」

「ああ。ずっといるよ。もう怖くないだろ？　俺とタロがいるから」

「…ん」

「俺とタロで、何があったってお前のことを守ってやるさ。な、タロ？」

仁司さんの言葉がわかったみたいに、タロが『ワン』と吠えた。

「ほら、タロもそう言ってる」

不思議な時間だった。

さっきまでとても怖かったのに、彼が来ただけでもう安心だと言う気になれた。

外はごうごうとまだ嵐《あらし》が続いているのに、家だってガタガタと震えているし、懐中電灯の光の届かない闇はあちこちに残っているのに、ここは大丈夫だと思えた。

むしろ、闇と音が外界と自分達を遮断しているせいで、この世界に自分達だけしかいないような気分だった。そしてそれが、とても嬉しいような気がした。

日常と掛け離れた空間。

「大丈夫」

薄闇に響く声が風の音よりはっきりと耳に届く。

「俺達がいる」

呪文《じゅもん》のように。

「目を閉じてもわかるだろう？　俺がここにいるって」

わかる。

彼の体温が自分を包んでる。

「花穂ちゃん達のところへ行かないの…？」

ずっといる、と言ってくれたけれど、妹達に呼ばれたら帰ってしまうんじゃないだろうか？　彼は花穂ちゃん達のお兄さんであって、俺のお兄さんではないから。

「…何でかな、望の方が心配だった。望が泣いてるんじゃないかと思ったら、側に行かなきゃと思ったんだ。それに、あいつ等のとこには父さんがいる、心配ないよ」

けれど彼は実の妹より、自分を優先してくれた。

それが一人で留守番をしている子供に対する同情だったとしても。

「おじさんやおばさんより、望の方が好き？」

「父さんには母さんがいるし、母さんには父さんがいる。花穂や美喜には父さん達がいる。だから俺はお前の側にいるよ」

「俺にも父さん達はいるよ？」

「それでも、さ」

彼の腕の中で安心していると、タロが割り込むように一緒に仁司さんの膝に乗ってきた。

「何だよ、自分もいるってか？　ナマイキだな」

笑いながら、仁司さんがタロも一緒に抱き上げる。

抱えてくれる仁司さんの腕に安心して、寄り添ってくるタロの柔らかい毛皮も気持ちよくて、俺はいつの間にか目を閉じていた。

外の闇は怖かったのに、閉じた瞼《まぶた》の作る闇は優しかった。

嵐の音はまだ続いているのに、もう気にならなかった。

ずっと側にいる。

彼の言葉が胸に刻まれる。

誰がいなくなっても、仁司さんとタロは自分の側にいてくれるんだと。

「いいか、お前は犬なんだからわきまえろよ？」

遠く響く声。

「側にいるのはお前に譲るけど、望の…は…」

真剣な声でタロと話をしてる仁司さんに、笑ってしまいながら眠りに落ちた。

「……になるのは俺だから、お前はガーディアンだ。二人で…」

二人と一匹。

ずっとこのままでいられることが幸せだと思いながら…。


幸福な夢を見て目が覚めると、寂寥《せきりょう》感に包まれる。

狭い自分の部屋には誰もいない。

家族も、友人も、タロも、…仁司さんも。

それが当たり前なことに慣れていたのに、一人が寂しいと思ってしまう。

『誰』もいないからじゃない。『仁司さん』がいないからだ。

一番欲しい物が手に入らなければ、その他のものなど関係ないのだ。

会いたい。

その強い気持ちが幸福だった頃の夢を見せ、夢が幸福だからこそ目覚めた現実が孤独で、辛く感じ

てしまう。

暫く会わないと決めてから、仁司さんからの連絡は一切なかった。

せめて電話かメールくらいくれるかと思ったけれど、それもない。

何かあったら連絡してもいいと言われたけれど、こうして向こうから連絡が途絶えてしまうと、果たしてそれもしていいものかどうか、悩んでしまう。

夏休みだし、バイトで入ったお金もあるし、一度実家には帰った。

奮発して、デパートで買った高級菓子と、両親には秋の服を、弟には玩具《おもちゃ》を土産に。

ここが、自分の家のはずなのに、そこで感じたのは部外者としての疎外感。

義母は明るく接してくれていたけれど、やはり他人だから仕方がない。弟は素直に喜んでくれたけれど、父は…。

「あんまり高いもんを買ってくるな。俺の稼ぎが悪いみたいだろ。それに、そんな無駄金があるんなら仕送りしなくてもいいんじゃないか？」

また新しい家を買いたいので、金に困ってるのだと言っていた。

気を遣うなというつもりがあったのかも知れない。

でも、家族と自分とは、やはりもう距離があるのだと思わざるを得なかった。

なので、泊まることもなく帰ってきてしまった。

大学を卒業しても、家に戻ることはないだろう。

不思議なことに、それに対してはさほど寂しいという感じはなかった。以前から薄々感じていたせいもあるだろう。

ただ、そうして過去から切り離されて行くんだと思うことが、仁司さんとの関係も終わってゆくのかも知れないという不安を増大させた。

いくら『家族』だの『幼なじみ』だの、名前のつく関係があっても、終わるものは終わる。どんなに親密な繋《つな》がりがあっても、時間が経てばそんなものは消えてしまうのだというように。

今まで、自分はそれなりに日々を楽しんでいた。

毎日が楽しいとも思っていた。

一人暮らしだって全然平気だったし、バイトも楽しかった。

けれど、タイミングが悪いというのか、今は何もかもがどんよりと感じる。

バイト先では、気にしないようにしていても、丸山さんとのことが気にかかるし、大学は休み中なので友人とも連絡が取れない。

一番親しい中村と糸田は、それぞれアメリカに自転車旅行と田舎へ家族旅行に出掛けていた。

ずっと自分の側にいてくれると信じていたタロはいないし、仁司さんとの関係もこれで終わった。

会っていないのなら、会えばまたと夢を見ることができた。でも出会って、親密な関係を繋いだ後のこの別れは本当の終わりを意味している。

会いたい。

歩いてすぐの場所にいるとわかっているのに、会えない。

その顔も、優しくかけられた声も、触れてくれた指先も、全て覚えているのに、もう一度それを望むことができない。

思い出せば、胸が痛くなるほど切ない。

世の中には、こんなにも人が溢れているのに、自分に優しく接してくれる人もいるのに、好きだと言ってくれる人だっているのに、彼がいないというだけでその全てが無意味な存在になってしまう。

仁司さんに会いたい。

恋人になれなくてもいい。

せめて元の幼なじみに戻るだけでいい。

でもそれすら叶わない。

会えなければ忘れるかとも思っていたのに、会えないことが余計に彼への恋心を募らせる。

自分の本当の気持ちが、欲が、剝き出しになってしまう。

本当は、特別に扱われたかった。彼に好きと言われたかった。キスしたかった。この身体に触れてくれるなら、タロではなく仁司さんとして触れて欲しかった。

どんな細い繋がりでもいいから、彼と繋がっていたかった。

迷惑でもいいから、別れが来るなら最後に『あなたが好き』と言っておけばよかった。

後悔ばかりだ。

執着ばかりだ。

今日も、携帯電話を取り出して着信の履歴を見て、彼の名前がないことに落胆する。

彼の番号を呼び出して、最後の発信ボタンの前でリセットする。

駅前に行けば人込みの中に彼の姿を探し、店で働けば入って来る客の中に彼がいないかとドキドキしている。

でも、見つけることなどできなかった。

仁司さんにとっては、きっと自分なんか大勢のうちの一人なのだ。

彼は、距離を取ったら俺のことなど忘れられるのだ。

そんないじけた考えにも捕らわれる。

「望くん」

店に堂本さんが現れた時も、そんないじけた気持ちに捕らわれていた時だった。

「やあ、カッコイイね、その格好」

相変わらず陽気な声で話しかけてくる彼が、仁司さんを訪ねてきたのは容易に想像できた。堂本さんの自宅はここから遠いところだと聞いてたから。

この人は、これから仁司さんに会えるのだ。仁司さんがこの人を呼んだのかもしれない、と思うと、心が痛む。堂本さんが悪いわけではないのに。

「ありがとうございます。ご注文は？」

「コーヒー。ブレンドでいいや。最近どう？」

「あ、はい。普通です」

「普通か、一番読みにくい言葉だな。また三人で食事とか行かない？　いい店あるんだけど」

「あの…、俺、今仕事中なので…」

「いいじゃないか。後ろに並んでる客がいるわけでもないし。渡海抜きで、二人きりでもいいよ？　就職の件、諦めてないから、その話がしたいんだ」

「仁司…、渡海さんが嫌がりますよ」

「どうして？」

彼はこの人に何も話していないのだろうか？　監視を頼んだとか言ってたのに。いや、真実は話せるわけがないか…。

「ね、どう？　今夜とか時間作れない？」

堂本さんがそう尋ねながらカウンターに肘をついて身を乗り出した時、俺の肩に背後から手が置かれた。

「お客様。商品はあちらのカウンターに出ますので、どうぞあちらでお待ちください」

丸山さんだった。

「いいじゃないか、混み合ってないし。彼とは友達なんだ」

「申し訳ありません。勤務中ですので。ご遠慮ください」

堂本さんは口を尖らせて丸山さんを見ると、肩を竦めた。

「ＯＫ。望くんの迷惑になることはやめておこう。ただ、店員の友人だって客だぜ？　愛想はよくしといた方がいいと思うぞ」

「お説、拝聴させていただきます。どうぞあちらへ」

「じゃあね、望くん。またそのうち」

「あ、はい」

堂本さんが離れると、丸山さんは小声で言った。

「今のは上司としての行動だ。困ってるように見えたからね」

「ありがとうございます」

俺が礼を言うと、彼はにこっと笑ってぽんぽんと俺の肩を叩いた。

「じゃ、仕事に戻って」

「はい」

自分が嫌いになりそうだ。

堂本さんは親切で声をかけてくれたのに、丸山さんは親切で助け舟を出してくれたのに、曖昧《あいまい》な態度しか取れない。肩に置かれた手を意識してしまう。

「じゃ、また今度ね」

コーヒーを受け取り、笑って手を振ってくれる堂本さんにも、ぎこちない笑顔で会釈することしかできない。ちゃんと笑いたいのに。

恋が、自分を支配する。

生活の全てがそのことで左右される。

その相手は目の前にいないのに。

「疲れてるな…」

仁司さんのことを考えるだけで震えてしまう指先に、俺は苦笑した。

心が、疲れてるなと。


体調が悪い、と言って俺は丸山さんに休ませて欲しいと願い出た。

出来れば二日ほど、出来なければ一日だけでもいいから、と。

丸山さんはシフト表と睨めっこしていたが、ＯＫを出してくれた。

「最近顔色が悪かったからな。夏バテだろう。少しゆっくり休むといい」

と優しい言葉をくれて。

仕事を終えてとぼとぼと辿る家路。

シャッターの降りた商店街を抜け、脇道《わきみち》に入り、少し坂を上って古いアパートに到着する。

俺の部屋は一階の端で、隣は水商売の女の人だ。年配で愛想は悪いけれど、朝まで留守にしてくれるので、俺としてはいい隣人だ。多少の音を出しても文句が出ないから。

ブロック塀の中に足を踏み入れ、ドアのカギを開けて扉を開ける。

日中留守にしている部屋からは籠もった熱気が流れ出た。

俺はそれをやり過ごすために、すぐにはドアを閉めず、扉を開け放したまま靴を脱いだ。

休みなんかとったって、どこにも行くあてなんてないのに。俺はバカだな。

部屋の熱気と、それより僅かに低い外気とで対流が起こり、微かな風が吹く。

その微風を味わうように、実際は立ち上がる気力もなかったので、靴を脱いだまま玄関先に座り込んだ。

だがすぐにクーラーを点けた方がいいと思い直し、ドアを閉じた。

部屋の明かりを点け、クーラーの電源を入れる。

前のが壊れたので、大家さんが最新のに付け替えてくれたから、音は殆どしなかった。

部屋が十分に冷えるまで時間がかかるだろう思って、先にシャワーを浴び、汗だけ流してからインスタントのラーメンを作って食べた。

タロもラーメンの匂いが好きて、よく食べたがってたな。塩分が多いから食べさせちゃダメだって仁司さんに止められたっけ。

俺は、仁司さんがくれた犬のストラップを手に取り、テーブルの上に置いた。

「ほら、食べろよ。もう好きなだけ食べていいんだから」

陰膳《かげぜん》って言うかわからないけど、そのストラップの前に小皿に取ったラーメンを置いてやった。

「ちゃんと天国行けよ？　生まれ変わって、また俺のところへ来いよ、仁司さんのところじゃなく。そしたらどんなにお金がかかっても、ペット可のアパートに住んでやるから」

小さかった俺を支えてくれたみたいに、俺が今度はお前の面倒を見てやるよ。

だからこんなところをウロウロしてないで、ちゃんと成仏しろ。

テレビを点ける気にもならず、ぼんやりとその人形を見つめる。乗り移るならこの小さい縫いぐるみに乗り移ればいいのに。そうしたらここでも飼えるし、可愛いのに。

小さな人形がトコトコと歩く姿を想像して、ふっと笑みが零れた時だった。どこかで何かを引っ掻くような音が聞こえたのは。

カリカリなんて微かな音じゃない、もっと大きな音だ。しかも時々ドン、と何かがぶつかるような音も聞こえてくる。

「…何？」

隣は留守のはずだった。帰って来る時部屋が暗かったのは確認している。

俺は立ち上がって、音のする方へ向かった。

上じゃない、下でもない。玄関の方だ。俺は立ち上がって玄関に向かった。歩いて数歩とはいえ、近づくと音は更にはっきりと聞こえた。

ドロボウという感じでもない。ノックに聞こえないこともない…、かな？

「ク…ゥン」

扉越し、鼻にかかる声が聞こえる。

「…クゥ…」

犬？

「…あ！」

ハッとして俺はすぐに玄関のカギを開けた。

まさか、まさか…。

扉を開くと真ん前に彼がいた。

「アンッ！」

そして一声吠えると、俺に飛びついた。

もちろん身体は仁司さんだから、支え切れず壁に当たる。

「タロ…」

「ワン」

どうして…。

俺は会いに行かなかったのに。どんなに会いたくても我慢したのに。

顔を舐めようとする『タロ』を制して「ステイ」と命じる。『タロ』はぴたりとじゃれるのを止め、次の命令を待つ目で俺を見た。

「…お前、どうして…」

いや、訊いても無駄だ。

とにかくまず彼を隠さないと。

俺は彼の足から靴を脱がせた。

靴は踵《かかと》を踏み潰したスニーカーだった。今日は堂本さんが来てたはずだから、彼を送りに行った帰りか何かだろうか。

ドアを閉めると、俺は彼を奥へ入れた。

「座れ」

命じると、『タロ』はちゃんと座った。

「仁司さん？」

呼んでも返事をするはずがないとわかっているのに、呼ばずにいられない。

「タロ」

と呼ぶと「ワン」と返事をする。

「お前、どうしてここに来たんだ。俺に会いに来たのか？」

「ワン」

隣の人がいなくてよかった。『タロ』の声は大きすぎる。

「口で説明できるわけがないか…」

『タロ』は俺に身体を擦り寄せてきた。

「何か心残りがあるのか？」

意外なことに、『タロ』は「ワン」と返事をした。偶然かも知れないけど。

「…心残り、あるのか？」

そうかも知れない。

タロは最後に一人…、一匹で逝ってしまった。

俺が仁司さんと別れを惜しんでいる時。

ひょっとして、タロは仁司さんを追いかけたのだろうか？　タロも仁司さんと別れを惜しみたかったのかも。だから、俺ではなく仁司さんに取り憑いてしまったのかも。

「なあタロ」

俺は『タロ』の頭を自分の膝の上に載せ、頭を撫でてやった。実際は仁司さんの髪を、だけれど。

「もし仁司さんとお別れがしたかったのならもういいだろう？　このままお前がいると仁司さんの迷惑になるんだ。仁司さんが好きなら、彼の迷惑になることはしちゃダメだ」

けれど『タロ』は何の返事もせず、俺の膝に甘えるように顔を擦り付ける。

「違うの？　お別れがしたかったんじゃないのか？」

それじゃ何故ここにいるんだ？

何をするでもなく、俺に甘えるだけで。

甘える…。

「お前、俺に甘えたかったの？」

『タロ』は俺の手をぺろりと舐めた。

「一人で逝くのが嫌だったの？」

俺は『タロ』をぎゅっと抱き締めた。

そうか。

そうだったのか。

俺の腕の中で逝きたかったんだね？

お前は俺が抱き締めたい人が誰なのかわかってたんだ。

だから仁司さんの中に入ったんだね？

「バカだな…」

お前はとても利口だけど、バカだよ。

俺が一番好きな人が仁司さんだって気づいたのは頭がいいよ。でも、仁司さんは仁司さんで、お前じゃない。

こんなことしても、タロのようには抱き締められない。

俺がタロを抱きたいのと、仁司さんに抱き着きたいのとは別の気持ちなのに。そこまでは気づいてなかったんだね。

「いいよ。今日は仁司さんを『タロ』だと思ってあげる」

仁司さんに触れるのはドキドキすることだけど、今だけ『タロ』として接してあげる。

「おいで、タロ」

仁司さんの身体の『タロ』は、呼ばれてクイッと頭をもたげた。

これはタロだ、と自分に言い聞かせて、タロの毛皮より少し堅い髪を撫でる。

『タロ』はすぐに仰向けに引っ繰り返った。

腹を見せて甘えてるつもりなんだろう。

手を伸ばして腹に触れる。

『タロ』はタロではないから、もちろんそこには毛皮はない。あるのはシャツの上からでもわかる引き締まった腹筋だ。

小さい頃は、タロの身体が大きくて、全身撫でてやるのが大変だった。

飛びかかってくるのも、ダメだと教えなければならなかった。

犬の寿命ってどれくらいなんだろう。あんな事故がなければ、タロはもっともっと長生きできただろう。

それを思うと、心残りがあるのは当然かもしれない。

俺だって、もっとタロと遊びたかった。

「耳の後ろも好きだったよな」

引っ繰り返った『タロ』の耳の後ろを掻いてやると、『タロ』は気持ちよさそうに首を伸ばした。

「ふふ…っ、ここがいいんだ。バカだな、生まれ変わって別の犬になってれば、仁司さんにも撫でてもらえたんだぞ」

いっぱい、甘えさせてあげる。

いっぱい愛してあげる。

俺はタロが好きだった。

ずっと一緒で楽しかった。

側にいてくれたから、寂しくなかった。とても嬉しかった。

お前が俺を求めて帰ってきたのなら、俺でできることは何でもしてあげる。

「あ、こら」

『タロ』は起き上がって俺に飛びついた。

興奮した様子で俺の顔を舐めようとする。でも流石に身体は仁司さんだから、顔を避けて抱き合うようにした。

するとまた癖で耳が舐められる。

「くすぐったいって」

でも今日は好きにさせてやった。

舐めたいなら舐めればいい。やりたいことをみんなしていい。これが最後だから。

「タロ、よく聞いて」

俺は『タロ』の背中を撫でながら言った。

「お前が仁司さんの中にいるのは迷惑なんだ。俺のことが好きなら、どうか出て行って欲しい」

耳を舐める舌が止まる。

顔が離れ、問いかけるような眼差《まなざ》しが俺を見る。

俺は彼の顔をしっかりと両手で捕らえ、その目を正面から見据えた。

「タロのことは大好きだよ。でも、俺の一番好きな人は仁司さんなんだ」

誰にも言えない秘密を、お前には教えてあげる。

「俺はね、この人が一番大切なんだ。父さんより、母さんより、大切なんだ。タロのことは大好きだよ。でもね、今の一番はこの人なんだ」

ちゃんと言おう。

お前がここにいるなら、俺の言葉がわかってくれているなら、言葉にして伝えてやる。

「タロより、誰より、仁司さんが好きなんだ。わかるか？　俺が今一番好きな人に迷惑をかけたくないんだ」

『タロ』は目を瞬《まばた》かせた。

「だからそこから出て行って。俺に乗り移るなら乗り移ってもいい。本当は天国へ行って、生まれ変わって欲しいけど、それが嫌ならそこの縫いぐるみに入ってても、俺に入ってもいい。仁司さんに迷惑だけはかけないで。タロの最後に一緒にいてあげられなかったことは悪かったと思ってる。お前の大変な時に、仁司さんを追いかけてた俺を許して欲しい。悪いのは俺で、この人じゃないんだ」

『タロ』はじっと俺を見つめていた。

まるで俺の言葉がわかるみたいに。いや、きっとわかっているんだろう。もうそれは疑わない。

だからこそ、言葉を尽くしたい。

「ごめんね。本当にごめんね。せっかく俺のところに戻ってきてくれたのに。だから、俺の大切なものをお前にあげるよ。一番好きな人にあげるものを、俺のファーストキスをあげる。だから、成仏して。恋が実らなくても、このまま会えなくなっても、この人が一番好きなんだ」

俺は目を閉じて、『タロ』に顔を寄せた。

仁司さんにではなく、タロに捧《ささ》げるために、その頬を捕らえて唇を重ねた。

柔らかい唇。

子供みたいに稚拙なキス。

それでも、初めて『誰か』とするキスだった。

今も、とても好きだよ。二番目に。

だからもう行くべきところへ行って。

だが、唇をくっつけただけのキスだったはずが、『タロ』の舌が俺の唇を割って口の中に入り込ん

できた。

「ン…ッ！」

驚いて目を開き、その身体を押し戻そうとしたのだが、舌はそのまま深く俺の中に入り込み、激しい口づけへと変わる。

まるで求められるような舌使い。

こんなのは望んでない。

俺がタロにあげられるキスはこれじゃない。

こういうキスは恋をした人としたい。

「いやだ…っ！」

俺はのしかかってきた『タロ』の身体を思い切り突き飛ばした。

「タロ…、お前まさかこういう…」

顔面蒼白《そうはく》になって後じさると、手が俺の足首を摑んだ。

「ひ…っ、やだ…！」

「お前のファーストキスを奪ったのは、タロじゃない」

声。

言葉。

「俺だ」

「…仁司さん……？」

芝居だった…、わけじゃないよな？　だって、耳を舐めたり、腹を見せたり、正気の彼がするわけがない。

「何時から…」

「タロより俺が好きだと言ってくれた時から」

羞恥《しゅうち》と後悔でバッと顔が熱くなる。

「それは…」

「お前は俺が好きなんだな？」

知られた。

「…違う」

知られてはいけない人に。

「望」

「違う。あれはタロに離れてもらうために…」

「望」

仁司さんは掴んでいた俺の足首を引っ張り、自分からも身を乗り出した。

「全部わかった。どうしてタロが俺に憑いたのか」

「…仁司さん？」

「あいつが俺に憑いたのは、お前のその言葉を俺に聞かせるためだ」

壁際まで追い詰められ、逃げ場がなくなる。

「でなければ、俺にこう言わせるためだ」

なのにまだ彼が近づいてくるから、顔が目の前に迫る。

「好きだ、望。俺も、誰より一番お前が大切だと思ってる。こういう意味で」

言い終わると、彼は最後に残っていた距離をゼロにして、チョンと唇を合わせた。

「もっと早く言えれば、こんなことにはならなかったんだろうな」

これは…、何？

何が起こったんだ？

電子音もしないのに仁司さんが元に戻って、俺の告白を聞いてしまって、その上俺のことが好きだって言ってキスしてくれた。

彼がタロになってしまった時以上の驚きで、頭が真っ白になる。

「仁司…さん…？」

「何だ？」

「本当に？」

「タロは喋れないだろう？」

「だけど、携帯電話は鳴らなかったよ。もしかしてお芝居してたの？　俺と会ってたわけじゃないのに夕ロになるなんておかしいし…」

混乱して、半べそをかきながら訊くと、彼は気まずそうに口を歪《ゆが》ませた。

「夕ロに取り憑かれた時、自分がどういう行動をしてるか映像で見てわかってる。きっと今日も同じことをしたんだろう？　ああいう真似は俺には無理だ。…何をしたかは言わなくていいぞ。恥ずかしくて聞きたくないし、それはお前と夕ロの時間だ」

「じゃ、どうして」

彼は更に口を歪ませ、恥じらうように視線を外した。

「…実はな、お前には言えなかったが、夕ロが俺に乗り移るきっかけは、もう薄々察してたんだ」

「え？　ウソ、いつから…」

「二度目ぐらいから何となく」

「でもそんなこと全然…！」

「言えなかったんだ。そのきっかけが、お前に欲情した時だなんて」

「よ…く…？」

彼はふっ切ったようにまた視線を戻すと、真っすぐ俺を見て言い切った。

「そうだよ。俺がお前にヨコシマな感情を抱くと、あいつは現れたんだ」

仁司さんが俺に…？

「最初に再会した時も、大きくなったのに全然変わらないお前に、もう大人だからそういうアプローチをしてもいいかなと考えた時だった。次の時も二人きりで酒を飲んでこのまままいい感じにもつれこめないかなと考えてる時だった。だからきっと俺がお前に悪さをしないように現れたんだろうと思ったんだ。お札が効いたわけじゃない。墓参りが功を奏したわけでもない。俺が気づいて、お前にそういう邪心を抱かないようにしよう、こいつはまだ子供だと言い聞かせるようにしてただけだ」

確かに…、あの後からやたら『子供』と言われていたような気はするけれど…。

でも理解できない。

いや、わかるけど、信じられない。

この恋は、俺だけの片想いだったはずだ。

「それでも、望のことばかり考えてた。お前を助けたあの夜も、偶然通りかかったんじゃない。あの丸山って男がお前にその気があるのはわかってた。だから二人きりで会うと聞いて、心配で見に行ったんだ。それで、あいつがお前に覆いかぶさってるのを見た瞬間、『俺の望に何をしてる』って、嫉妬全開になった。あの時だけは、タロと俺の気持ちがシンクロしたんだろうな。だが、これ以上は無理だとも思った。ライバルが現れて、我慢できなくて、一緒にいる限り俺がお前にそういう気持ちを抱くなっていう方が無理だと悟った。だから暫く距離を置こうと言ったんだ」

手が、俺の髪に触れる。

「でも気になって、堂本に様子を見に行かせた。今日、店にあいつが行っただろう？」

俺はこくりと頷いた。

「あんなに嫌がってたはずなのに、あの男に肩を抱かれてたって聞いて、居ても立ってもいられなかった。俺はずっと好きだったのに、あんなポッと出てきた男に渡せるもんか。タロのことがなければ、もうとっくに俺がお前を手に入れていたのに。キスして、抱き締めて、ずっと一緒にいようと言ってやれたのに、と思ってたら…、お前が目の前にいた」

仁司さんは苦笑した。

「夢だと思ったよ。お前が俺を好きと言うなんて。『優しいお兄さん』に甘えてるだけだと思ってたから我慢してたのに、『タロのことは大好きだよ。でも、俺の一番好きな人は仁司さんなんだ』『今の一番はこの人なんだ』『タロより、誰より、仁司さんが好きなんだ』って、俺が望んでた言葉がずらずら並べられたんだから」

突然、耳を舐めるのを止めてしまったタロ。

じゃ、あの時入れ替わったのか？

だから言葉がわかっているような表情をしていたのか。

「嬉しくて、すぐに『俺だ』と正体を明かそうとしたのに、お前ときたら、タロにファーストキスをくれてやるなんて言い出すから。俺が奪ったんだ」

「俺がキスしたの…、仁司さん？」

「タロが譲ってくれたよ」

彼の説明を聞いて、やっと安堵する。

いや、と突き飛ばしたのがタロでなくてよかった。あんなふうに求められていなくてよかった。

「俺…、タロがそういうふうに俺を好きなのかと思ってビックリして…」

「あいつの名誉のために断言する。俺だよ。あんなキス、犬にはできないだろ？」

「仁司さん…」

「これがきっと、タロの望みだったんだ。お前の覚悟が出来て俺を求めるまで、俺に触れさせない。でも望の気持ちが決まったら、それを俺に教えてやろうって。…都合のいい解釈かも知れないがな」

仁司さんの顔が間近に迫る。

「丸山って男を締め上げた手前強引にできないから、意思の確認をしよう。キスしていいか？」

答える代わりに目を閉じると、唇に柔らかいものが触れる。彼の唇だということは、もうわかっていたけど、おとなしく受けた。

「もう、望は俺の目には立派な大人にしか見えない。子供扱いしてやれない」

「その方がいい…」

「その意味がわかって言ってるか？」

「意味？」

「大人なら、我慢できない。ファーストキス一つで我慢できるぐらいなら、こんなに辛いのに会わないことを選択するわけがないだろう？　俺は…、ずっとお前が大人になるのを待っていた」

もう一度唇が重なる。

「ずっと…？」

「ずっと、だ。お前が引くくらいずっと前からだ」

「ひょっとして…、隣に住んでた時から？」

「訊くな」

もう一度のキス。

「大人扱いしていいな？」

問いかける、というより断定的な声の響き。

俺の答えはもちろん、一つだ。

「嬉しい。俺も、ずっとそうして欲しかった」

自分から、おそるおそるキスを贈った。

「初めてだけど…、子供じゃないよ」

それを望んでいる証しに…。


俺の狭い部屋には、ベッドなんてなかった。

寝る時は布団を敷くのだ。

一応広い方の部屋、六畳間にも、テーブルだのテレビだのが置いてあって、空いているのは布団を敷くスペースだけ。二人が横になれるスペースなどないに等しかった。

それでも、広い仁司さんのマンションまで移動しようとか、駅の裏手にあるラブホテルに行こうなんて考えはなかった。

ずっと、この時を待っていたから。

二人とも、相手が欲しくて我慢ができなかったから。

クーラーはやっと効き始め、部屋は適温。

触れ合う互いの熱が心地よくて、キスしながら抱き合った。

やっと身体を離すと、彼はちらりと壁を見て訊いた。

「隣は？」

その意味がわかるから、少し赤くなる。

「…朝までいない」

「そいつはよかった」

仁司さんは俺を押し倒し、上から俺を見下ろした。

今日は、じゃれてくるタロじゃない。そう思うと、同じ行動なのに胸が高鳴る。

今日は仁司さんが俺にしてるのだ。何度もそうだったらいいのにと思っていたことが、現実になったのだ。

見つめ合ったまま、彼は俺のシャツの裾から手を差し入れた。

「柔らかいな」

「…シャワー浴びたから。筋肉はちゃんと付いてるよ。仁司さんほどじゃないけど」

「俺の身体なんか知らないだろう？」

「知ってる。…さっき触った」

「…『タロ』か」

彼は少しムッとしたような口調だった。

まるで焼き餅をやいてるみたいに。

「何をしてたのか、聞きたいが聞きたくないな」

「タロと仁司さんは違うもの。それに、ただお腹を触っただけだよ」

「言わなくていい。他の男の話は」

「男って、タロじゃない」

「俺と同じ気持ちじゃなかったとしても、あいつも望が好きだったオスだ。それに、バイトの男よりお前の心の中を占めてる」

やっぱり焼き餅なのかな？

「あいつとは昔っからライバルだった。望を争ってな」

戦友って、そういう意味だったのかな？

「だから役割を決めたんだ。俺は恋人に、あいつはガーディアンに。守ることは譲るが、愛することは譲らないってな」

シャツの中、手が蠢《うごめ》く。

指先が肌を滑り、深く差し込まれ、胸に触れる。

「う…っ」

小さな突起に指が届き、そこを弄《いじ》られると、思わず声が上がった。

彼がそれを聞いて笑う。

「俺だけが聞ける声だな。よかった。感じてくれて」

「そ…、そんなの…」

「大切なことだ。俺はずっと、お前にとって『お兄さん』だったからな。今になって好きと言われても不安は残る。お前の好きは、俺の好きと違うかも知れないって」

「そんなことないよ！」

慌てて否定すると、彼はまた笑った。

「ああ。今確認した」

仁司さんは知らないんだ。

中身がタロだとわかっていても、この人に触れられることがとても危険だと感じていたことを。

俺がキスしたい人は、彼だけだってことも。

「シャワーを浴びたんなら丁度いい。そのままおとなしくしてろ」

着替えていたジャージの腰に手がかかる。

ゆっくりと引き下ろされて、下着が露《あらわ》になる。

彼は更にそれにも手を掛け、俺の様子を確かめながら引き下ろした。

自分が今、どんな状態だかわかっているから、思わず顔を背ける。けれど『いや』とは言わなかった。手を止めさせることもしなかった。

心臓がうるさい。

彼にもその音が聞こえているんじゃないかと心配するほど。

「あ…」

てっきり握られると思っていたのに、ソコに触れたのは指よりももっと柔らかく、湿ったものだった。

「ま…、待って、仁司さん…！」

舌の感触が自分のモノに絡み付く。

この歳だもの、自分でしたことぐらいあった。

でも自分の手なんかとは全然違う。

「や…っ」

添えられた指が根元を摑み、舌は先を舐める。

「怖い、か?」

「怖くないけど…。気持ち良すぎて…」

「それはいい」

「あ…」

腕に、ぶわっと鳥肌が立つのがわかった。

背中にもだ。

どうしてだか、つい力が入る。

彼にしがみつこうとしたのだが、俺の下半身に移動した彼に手が届かない。

畳に爪《つめ》を立てようとしたけれど、当然畳はそんなに柔らかいものではなかった。指の関節が痛むほど力を入れても、ザリザリと引っ掻くことしかできない。

どうにかして自分を保たないと、世界がグラインドを始めてしまう。

平衡感覚がなくなって、目眩《めまい》がする。

自分でする時は、自分の手がソコにあるとわかっているし、次にどんな刺激がくるかもわかっている。イきそうになったらコントロールだってできる。

でも彼の舌はそんな予測を許してくれない。

「あ…ぁ…っ。や…」

舐めたり、啜《すす》ったり、軽く咬んだり。

時に指にその役を譲って、俺を翻弄《ほんろう》する。

「だ…め…。もうイク…」

ギブアップを訴えると、彼はようやくそこから離れてくれた。

「ティッシュは？」

「…テレビ…横…」

ティッシュを引き抜く音がして、俺のモノが包まれる。

でも、出るってわかってるのに、彼はまた先を舐めた。

「…あっ！」

そこに彼の口があるなら射精しちゃいけないと思っていたのに、我慢ができない。

ぎゅっと力を入れて耐えようとした次の瞬間、俺は簡単にイッてしまった。

我慢し続けたせいで、解放は快感で、下半身の筋肉がビクビクと痙攣《けいれん》する。

「引いたか？」

下を見ずに俺の処理をしながら、彼が訊いた。

「…どうして？」

「初めてだろう？」

「うん」

「俺がこんなことするなんて思ってなかっただろう？」

「…じゃあ、俺がそれを嬉しいって言うと思ってなかったでしょう？」

「本当に？」

「今、嘘が言えるほど余裕がない…」

「望」

やっと彼が身体を起こして顔を近づけてきたので、その腕に手を伸ばした。でもさっきまでとは反対に力が入らない。

彼は俺にキスしようとして、一瞬迷ってから耳に唇を寄せた。

「咥えた口でキスはないな」

と言って。

耳を舐る舌に、俺は慌てて彼を突き放した。

「やだ！」

「望？」

困惑した表情に申し訳ないとは思うのだけど、そこだけは嫌だった。

「耳はいや」

「感じるのか？」

「…タロが、舐めてたことを思い出すから、変な気がする…。自分を抱いているのは仁司さんのはずなのに、まだタロがいるみたいで…」

怒っただろうか？

彼は憮然《ぶぜん》とした表情で俺を見た。

「耳以外ならどこでもいいよ。でも、そこは…」

「タロの名をもう呼ぶな。今だけは、本当に忌ま忌ましい名前だ」

「でも…」

「わかってるよ。俺とあいつは違うんだろ。でも何かムカつく。いいさ、耳はいつかお前がその感覚を忘れるまで、譲ることにしよう。だがそれ以外は全部俺がもらうからな」

彼は身体を離して、自分のシャツを脱ぎ捨てた。

さっき触った時にわかってはいたのだが、やはり引き締まったいい身体をしている。俺の身体を柔らかいと言うのも当然だろう。

「全部もらうからな」

もう一度繰り返すと、彼は俺の肩を掴んでうつ伏せにさせた。

「仁司さん…？」

「ここまできて他の男の名前を出されて、忍耐の限界だ」

「仁司さん」

彼を好きだと自覚する前から、男同士のセックスについての知識はあった。

今時は特に不思議なことじゃない。

マンガでも、テレビでも、ネットでも、普通に流れている情報だ。

生々しいほどのことは知らなかったが、一通りのことはわかっていた。

だから、彼がズボンのファスナーを下ろし、自分のモノを引き出した時にも、それをどうするつもりか何となくの察しはついた。

怖くない、と言ったがそれを見るとほんの少しだけ怖くなった。

挿《い》入れるんだろうか？　それとも握られるんだろうか？　さっき彼がしてくれたみたいに口に咥えればいいんだろうか？

あとは確か、スマタとか、一緒に握るとか、そんなのもあったはずだ。

彼は、どうやって俺を求めるんだろう。

「何か…、あった方がいいな」

「何…？」

「濡らすもの。…って言ってわかるか？」

その一言で、彼の目的がわかった。

挿入れるんだ。

「風呂場に…、日焼け止め用のミルクローションが…。薬局でサンプルに貰った小さいのだけど…」

「そのまま待ってろ」

明るい自分の部屋。

見慣れた畳。

そこに、彼が居る。

自分と『する』ために動いている。

一度射精して冷静になると、とてつもなく恥ずかしかった。

下半身を露にして、自分は何をしてるんだろう。戻ってきたら、このみっともない格好を見て、やっぱりその気にならないと言われないだろうか？

彼が風呂場に行って帰って来るだけの短い時間が、とてつもなく長く感じた。

「望」

声が聞こえて、手が触れる。

「いや、か？」

いやではないから『いや』とは言えず、『望んでいる』というのも恥ずかしくて、ただ黙って首を振った。

「声に出していやだと言わないなら、するぞ」

「ひ…、仁司さんはこういうこと、慣れてるんでしょう？　上手いんでしょう？」

「慣れてはいないが、初めてじゃない。だがしたかったのはお前にだ」

俺の言ったローションを持ってきたのか、それ以外のものを持ってきたのか、確認できなかった。

部屋は明るいままだったけれど、俺が振り向くことができなかったから。

彼が俯《うつぶ》せにした時のまま、ピクリとも動けない。どうやって動いたらいいかがわからない。

「小さなお前が俺の腕の中で寝てる時、キスしたいと思った」

途中まで脱がされていたスウェットのパンツと下着が膝まで引き下ろされる。

「あいつが側にいなかったら、してたかもしれない」

零す液体が尻を濡らす。

「あいつは昔っから、俺の理性のタガだったのかもな」

手が、それを塗るように触れてくる。

「それがいなくなったんだ。遠慮はしない」

緊張して堅く閉じた脚の間に、彼が膝を入れる。

そのスペースの分だけ脚が開いて、彼の指がその隙間《すきま》に滑り込む。

「う…っ」

初めての感覚。

他人の指がそんなところを撫でるなんて。

だが『初めての感覚』はそれだけじゃなかった。

「…ひっ」

指が穴を弄る。

そっと中に入ろうと、力が加えられる。

畳にはしがみつけなかった。

だから手を伸ばして、以前ゲーセンで取ったクッションを抱き寄せた。

怖い。

でもそれは口にしない。

俺だって男だもの、前を開けなきゃならないほどの状態のまま何もしないでいるのがどれだけ辛いかわかっている。

遠慮しないなんて言ったけれど、仁司さんは俺のことを考えて我慢してくれてるのだ。

だったら、俺は早く彼に応えてあげられるようにしないと。

羞恥心を凌駕《りょうが》して、自分から脚を開く。

彼がもう一方の膝も脚の間に移動させ、俺の腰を引き寄せる。

「…っ！」

勢いよく引っ張られたから、剝き出しの自分のモノが畳に擦れて声が上がる。

さっき出したばかりなのに、もうそこはじんじんして、また硬くなり始めていた。

「あ…」

指の先で慣らされる入口。

俺は抱えていたクッションに嚙み付き、必死に声を殺した。

「腰を上げろ」

命令されて、俺は膝を折り、腰を上げた。

そうすることで自分のモノが畳に当たらなくなったので、少し楽になる。

けれど畳と身体の間に空いた隙間から彼の手が滑り込み、濡れたまま胸をまさぐった。

触れられている。

存在を確かめるように丁寧に、全身が触れられる。

「あ…」

その途中で前に触れたり、後ろを撫でたり、中を探ったり、全てを味わい尽くされる。

「や…」

身体がだんだんと密着し、彼のモノが何度か当たった。

心地いい室温だったはずなのに、だんだんと暑く感じるのは、自分の身体が火照ってきたからだ。

仁司さんの手に、体温が上げられるのだ。

ただ触るだけでなく、もっとちゃんとイかせて欲しい。さっきみたいに直接前に触って欲しい。そんなもどかしさが身体を疼《うず》かせる。

全身を這い回る指の感触はすぐには消えず、何本もの手に触られてる気分になってくる。

「んん…っ」

胸に触れるために彼が身体を傾けると、ソコに彼が当たった。姿は見なくても、きっと俺のより大きいのはわかる。それを想像すると、また身体が硬くなった。

「望」

指が耳に触れる。

つま弾くようにそっと。

触ってるだけなのに、音がする。

そこだけは舐めないでと言ったからか、彼は俺のシャツを捲り、身体を重ねて背中にキスした。

「ひ…っ」

キスだけじゃなく、舌が這う。

全身に与えられる愛撫《あいぶ》に、頭がおかしくなりそうだった。どこもかしこも気持ちがよくて。

慣れてないなんて言ったけど、絶対にそんなことはない。男の俺がこんなに感じてしまうんだもの、今までの相手だって、きっとおかしくされたはずだ。

「あ……あ…。や…ぁ…」

指が入口を解《ほぐ》すことだけに集中し、中に潜り込む。

まだ指だけだから痛みがなくて、力が抜ける。

俺は噛んでいたクッションから口を離し、苦しくなってくる呼吸に専念した。

喘《あえ》ぎと荒い呼吸。

「望」

俺の名を呼ぶ彼の声。

「や…、そこばっかり…っ」

「もう少しだ」

「だって…、変…」

「気持ちいいだけだ」

「違う…、何かもっと…」

「だが反応してる」

「や…」

中が、圧迫される。

何かが動いてる。

「は…ぁ…っ、あ…」

言葉が浮かばない。

自分がどんな格好なのかも、彼がどういう状態なのかも、もうどうでもよかった。

そんなところで感じるはずはないのに、全身を這い回った指の名残が、触られないことで疼く前が、俺を追い詰める。

楽になりたくて腰を上げると、後ろは更に弄られた。

「や…っ」

いや、と口にしながら腰が動く。

早く、早く楽にして。

熱に浮かされたように身体が熱くて、何にも考えられない。

「望」

何かをしゃぶってるような、卑猥《ひわい》な音が聞こえる。

「…ごめん」

ずっとそこにあった指が、ずるりと引き抜かれる。その排泄《はいせつ》感ですら、刺激となる。

そして…。

「あ……。…ッ！」

大きい。

思っていたよりずっと大きい。

「や…、いた…っ」

そして長い。

なんでだか、涙が出た。

ずっと口で呼吸していたせいで喉がカラカラなのに、唾液《だえき》が溢れる。

「仁司さ…。や…」

摑んでいた安物のクッションは、もうぐちゃぐちゃだった。でもそれしか縋るものがないから、俺の手はしっかりとそれを摑んでいた。

それを手放すと溺《おぼ》れてしまうかのように。

やっと彼の手が前に触れてくれても、ギリギリまで張った場所は、もう彼の手すら感じず、もっと強い刺激を求めていた。

触れるだけじゃなく、もっと強く。

「あ…」

彼が腰を進める。

痛みと圧迫感から逃れるように、前に逃げる。

逃げる俺を追うように彼がまた身体を進め、腰を摑んで引き戻す。

繰り返している間に、それは一定のリズムを持ち、逃げているのか腰を振っているだけなのか、自分にもわからなくなってくる。

入口にはまだ痛みが残っていたが、中には痛みはなかった。

お腹の中に彼がいる。

突き上げてくる。

ひれ伏すように身体を投げ出す俺を、仁司さんは容赦なく貪《むさぼ》った。

目眩がする。

畳で擦った膝も痛む。

繋がった場所も痛む。

なのに触られた全ての場所に快感が走る。

「可愛いよ」

「仁司さ…」

「これで、お前は俺だけのものだ」

最初からそうだったのに、彼はそう言うとまた俺を揺らした。

「あ…」

濃密な二人だけの時間に終止符を打つために…。


家に一人きりでいる望が、可哀想だと思った。

頼りにもならない犬一匹と、じっと親の言い付けを守っている姿が健気《けなげ》だとも思った。

自分は弟が欲しかったし、妹の面倒を見た経験もあるから、この可哀想な子供に優しくしてやろうと思ったのが最初だった。

だが一緒にいるうちに、自分に甘えてくる姿が、少年らしくて伸びやかな手足が、愛しくて、抱き締めてやりたいと思うようになった。

それでも、その時はただ愛しいと思うだけで、だからどうするということまでは考えなかった。

変わったのは、自分の中に思春期特有の性欲が生まれてからだ。

普通に女性の身体にも欲情した。

告白してくる女の子や、テレビやグラビアのアイドルにも、それなりに興味は持った。

だが、望を抱き締めると、それよりももっと切ないような疼きを感じてしまった。

自分はおかしいと悩んだこともあった。

実の兄のように慕ってくれる子供に、何を考えているのかと。

あの時は、タロがいてよかったと思えた。

望のかたわらにはいつもタロがいる。

全身で、純粋に望を守ろうとしている存在が。

あの目に見つめられる度、ここで衝動に負けて『何か』をしたら、この笑顔も信頼も消えてしまうのだと思い知らされた。

自分しか頼ることのできない子供に傷を負わせ、一人にしてしまうのだと。

タロとは、戦友だった。

あいつはとても望が好きだけれど、犬の身では補えない何かがあるのを察していた。俺は望の全てを守ってやることができるかもしれないが、不純な想いを隠し持っていた。

お互い、完璧《かんぺき》に守ってやりたいと想いながら、完璧ではない自分を知っていた。

それはただ、自分の邪心から来る罪悪感がそう思わせただけかもしれないが、あの時はまだ自分も青臭くて、タロが自分を戒めてくれるのだと、自分がタロの足りない部分を受けてやるのだと、それが望にとっていいことなのだと思っていた。

もう少し望が大人になったら、好きだとだけ言ってみようかと思っていた。

あの引っ越しがなければ。

自分の中で大きくなってゆく欲望を冷ますには、いい機会かもしれない。

行かないでと、泣いて縋る子供には、まだ『恋人』より『お兄さん』の方が必要なのだから。

そう思って、別れを決意した。

もしかしたら、タロは自分を追ってきたのかも知れない。

自分一人では望の心を守り切れない。お前がまだ必要なんだと言うために。

だから、タロの事故は自分のせいかも知れない。

仁司さんは、静かな声でそんなことを言った。

俺に取り憑いたのも、まだお前は純真に望を守れ、我慢がきかなくなったら自分が代わってやるから、と言いたかったのかも、と。

寺でもらったお札を、その戒めにした。

自分の煩悩を封じ込めるための。

結局、浄霊にも、煩悩にも効果はなかったが、この不思議を忘れないために、きっと一生手放すことはないだろうとも。

だから俺も、自分もあの頃既に恋に似た気持ちを抱いていたと。

きっとこれが初恋だ。

タロと仁司さんは全然違うと言いたかったのだけれど、疲れきった身体は重たくて、声を発するのも億劫《おっくう》で、何も言えなかった。

ただ、ずっと好きでいてくれたことが嬉しいと伝えるために、抱き寄せてくれる彼の手を握った。

俺達は『人』で、タロは『犬』で、違う種族だから言葉を交わすことができないから、誰にもタロの本当の気持ちはわからない。

でもわかってることが一つだけある。

タロは、本当に俺を好きでいてくれた。

俺は、今もタロが好きだ。

仁司さんも、タロを好きでいてくれる。あんなことがあっても。

俺達は『好き』で繋がってるのだ。

それだけは、一度も途切れることなく、今も自分達を繋いでいてくれる。

彼が敷いてくれた自分の布団の中で、彼の腕に包まれながら、俺は何て幸福なんだろうと思っていた。

家族と疎遠になっても、一人で暮らす日々が長くても、自分には純粋な好意を与えてくれた存在が二つもあった。

一つでさえ、見つけるのは希有《けう》なことだろうに、二つも、だ。

その幸福を噛み締めながら、俺は目を閉じた。

起きたら、初恋の話をしよう。

もう大人だから、抱かれて嬉しかったと言おう。

また二人で、タロのお墓に会いに行こう。

そして、もう心配しなくても大丈夫だよ、と言おうね、と。

深く眠って、目が覚めたら…。


「就職活動に本腰を入れるので、辞めさせていただきます」

と言った時、丸山さんはあまり驚かなかった。

「うちに勤める、という選択肢はなかったんだね？」

とは言われたけれど。

バイト終わり、話がありますと声をかけると丸山さんは一緒にロッカールームへ向かった。

ここには事務所というものがないので、話をする時には、そこか、店の奥の席を使うのだ。

あまり人に聞かれたくない話題だったので、俺もロッカールームの方がいいだろうと思った。

部屋に入ってすぐ、本題を口にすると彼の表情は幾分硬いものになった。

「それで？」

問われて言葉を続ける。

「ここは好きです。丸山さんにも好意は抱いてます。でも、ずっとここで働きたいという気持ちにはなれなかったので」

「あの男のところに行くのかい？」

「あの男？」

「君の大好きなお兄さん。さもなければ、眼鏡の親しげだった男」

彼の言葉に、俺は首を横に振った。

「確かに、仁司さんにも、堂本さんにも誘われました。自分の会社に来ないかって。でもそれもお断りしました」

俺の言葉に丸山さんは初めて驚いた顔をした。

「断ったのかい？」

「はい」

「どうして？」

「やりたいことがあるからです」

「それが何か、訊いてもいいかな」

「いいですよ。まだなれるかどうかわからないけれど、動物関係の仕事につきたいんです」

考えて、考えて出した答えだった。

確かに、今まで楽しかったこの店で働き続けることも、大好きな人と同じ会社に入ることも、俺にとっては魅力的だった。

でも、それは『やりたいこと』にはならなかった。

俺が『やりたいこと』は、タロへの恩返しだった。

本当に大切に守ってもらったから、何も返せないまま逝かせてしまったから、タロにしてやれなかったことを他の動物達にしてやりたいと思ったのだ。

「卒業まではまだ時間がありますし、色々探してみるつもりです。もしかしたら、別の学校に入るかもしれません」

「トリマーの専門学校とか？」

「いいですね」

いいアイデアだというように笑うと、合わせたように彼は苦笑した。

「そうか…。そういうことなら仕方がないな。でも時々は遊びにおいで。俺はまだ諦めてないから」

「それは諦めてください」

「花岡くん？」

「俺は丸山さんを、そういうふうには好きになれません」

「強引なことをしたから？」

「いいえ。もっと好きな人がいるからです」

きっぱりと言うと、彼は小さなため息をついた。

まるでその返事を予測していたかのように『やっぱり』という表情で。

それから、彼はシフト表を出して、チェックすると、チーフの顔で俺を見た。

「すぐにというのは困るから、次の人が入るまでは頼みたいな」

「はい。そのつもりです。一カ月ぐらいはこのままで」

「わかった。じゃあ、そのつもりで考えておくよ」

「はい」

「残念だよ。とてもね。残念だ」

「ありがとうございます」

「このまま帰るのかい？」

「はい」

「一緒にお茶でもどう？」

俺は首を横に振った。

「待ってる人がいるので、帰ります」

それだけで、彼は全てを察してくれた。

小さく首を振り、背を向け、「お疲れさま」とだけ言って、部屋を出て行った。

俺も「お先に失礼します」と応えて、着替えをする。

ここのバイトは好きだった。本当に。みんな優しかったし、楽しかった。

でも仕方ない。

少し子供っぽい仁司さんが、『どうしても』を付けて辞めて欲しいと言うのだから。彼はどうやらまだ丸山さんを警戒していて、焼き餅をやきたくないから、嫉妬全開になる前に他の仕事にしてくれと言い出した。

そして俺は、そんな彼のワガママが嬉しかったので、次の仕事が決まったら辞めてもいいと言ってしまった。

すると彼は早速次の仕事を持ってきた。

彼の会社のアルバイトだ。

俺は一応パソコンは扱えるし、愛想もいいので、堂本さんも賛成してくれた。

「こいつの切ない片想いはずっと聞かされてたんだ。まとまってよかったよ。あ、もちろん仕事の話は別物だよ。君がいいと思うから雇うんだからね」

と言って。

世界は、ある日突然変わってしまう。

いつもそれを感じていた。

一人で寂しかった小さい頃、タロが来て俺は寂しくなくなった。

仁司さんが遊んでくれるようになって、楽しいものになった。

彼とタロがいなくなって、この世の終わりみたいに感じたこともあったし、引っ越しや両親の離婚など、子供では抗《あらが》えない運命もあった。

田舎に預けられたことも、新しい家族ができたことも、家を出て一人で暮らすようになった時も。

いつも突然ポンと違う場所で違う人達と新しい世界を作らされる。

でも今度は、自分が望んで移る新しい世界、だ。

先週の日曜、そのことを親に伝えると、両親は驚いていた。

お義母さんは心配したけれど、父さんは安心だと言った。

俺が、今のアパートを引き払って仁司さんのマンションで一緒に暮らす、ということに対して。

仕事で忙しい彼と、一番長く一緒にいるためには、それが一番いいことだと二人で話し合って決めたことだった。

完全な引っ越しはまだだけれど、もう仁司さんの部屋には俺の居場所がある。

だから、店を出て向かうのはアパートとは反対の方向。彼のマンションだ。

誰も待っていない真っ暗なアパートへ戻る時とは違う、軽い足取り。

駅向こうのカフェでドーナツを二つ買って、恋人と一緒に食べることを想像して口元を緩ませる。

もらった合鍵《あいかぎ》で玄関のドアを開け、俺は言うのだ。

「ただいま」

もう何年も言ったことのない帰宅の言葉を。

「おかえり」

奥から迎えに出てくれた仁司さんは、玄関先で俺を抱き締めて、額にキスしてくれた。

「お、何か買ってきたのか?」

「ドーナツ。今日のはゆずドーナツだって」

「ゆず? へえ。じゃ、コーヒー淹れてやるから着替えてこい」

「はい」

ねえ、タロ。

俺はもうお前のことを呼ばないけれど、忘れたわけじゃない。

もう一度お前に会えると信じてる。

だから今は遠くから見ていて。

俺がとても幸福な日々を送っているところを。

俺が、とても愛されているところを…。

あとがき

皆様初めまして、もしくはお久しぶりでございます。火崎勇《ひざきゆう》です。

この度は『ワンコとはしません！』をお手にとっていただき、ありがとうございます。

イラストの角田緑《つのだりょく》様、素敵なイラストありがとうございます。担当のO様、色々とありがとうございました。

さて、今回のお話、いかがでしたでしょうか。

カッコイイ男が犬のように恋人に擦り寄ったら面白いかも、と思って考えた話です。男としては軽い犬としてのカッコよさより、犬としての可愛さが出てしまう、という。

ショックを受けるのでは、と。

そんなわけで、仁司《ひとし》と望《のぞみ》とタロ。

タロは別に望に欲情していたわけではないのですが、大切で、大切で、もちろん仁司の気持ちに気づいていました。

なので、望のいない場所では二人（一人と一匹？）は睨み合い。望が寝てるところに仁司が近づくとジーッとタロが睨んでるという感じでした。

タロは、多分最後の時、仁司がいなくなることで望が物凄く悲しんだので、連れ戻しに走って行ったのだと思います。

そして再び仁司と出会った時、ボールを咥えてくるように仁司に乗り移って望の前に『はい、これ。好きでしょ？』と差し出したのです。

でも仁司がじっと我慢してるから、タロとしては『どうして望のものにならないの？』と何度も取り憑いていたのでは？

ただ、仁司にしてみると、ちょっと『その気』になると取り憑かれるものだから、これはタロが『手を出すな』と威嚇してるんだな、と思っていたわけです。

ま、タロにしても、仁司が真面目に望を愛する覚悟ができるまでは手を出させないぞ、っていうのもあったかも。

で、そのタロが見事成仏していなくなってしまった今、これから二人はどうするのでしょうか？

まず、同居は必須。

望の生活があまり裕福ではないとわかっているので、自分が幸せにしてやろうとばかりに自分のマンションに住まわせて、甘やかすことでしょう。

ついでに就職も自分の会社に…、と思ったけど、それはしないか？　望は動物関係の仕事を選ぶだろうから。でもその手伝いはするかな。

そして、仁司としては、未だに何かあったらまたタロが戻ってくるのでは？　と恐れている部分もあるかも。

けれど、望狙いの人間が現れると考え方が変わります。

たとえば、まだ望が在学中の時、大学に迎えに行った仁司は望にベタベタする友人を見る。そして恋する者の直感として、こいつ望に惚れてるなと察する。

でも大学では自分は入って行けない。そこで心の中で『タロ、こういう時こそお前の出番だろう』と呼びかける。

望が危険なんだぞ、と。

それでもしもタロが呼び出せたら、彼はタロ使いになるかも。

行け、タロ、と放ち、何かあったら知らせて来い、と。しかも自在に自分に取り憑かせるようになったら、彼は狼男のようになれるかも。

いや、そんなことはないでしょうが…。

普通に考えると、マンション住まいなので大型犬は飼えないけど、新しい犬を飼うのではないかと。

新しいタロですね。

で、新タロも小さいうちはいいんだけど、大きくなると時々二人の間に割って入ってきたりして、ずっと望の近くから離れない。

まさか、と思いつつも新タロを思わずじっと見つめてしまう。

望がいない時に新タロを抱き上げて正面から見つめ『いいか、ボディガードの座は譲ってやるけど、恋人の座は絶対に渡さないからな』などと真剣に言ってみたりして。

一方の望としては、タロは最初から可愛い飼い犬、親友のような存在でしかなかったので、恋愛に関してタロのことを考えることはあまりないのでは？

むしろ、堂本から聞かされる仁司の周囲にいる彼狙いの男女に嫉妬というか不安を煽られるのでは？　仁司も同じような心配をしてるとは知らず。

自分なんか、何の取り柄もない普通の人間だし、このまま仁司の恋人でいられるんだろうかと不安になる。

そんな時に新タロに不安を打ち明けると、新タロが心得たとばかりに会社で仁司に付いて、彼に近づく者に吠えまくって邪魔してくれる。

どっちにしても、小姑みたいなもんです(笑)。

でもきっと二人とも新タロを可愛がりつつ、自分達の恋愛を満喫するでしょう。

そのうち、新タロに可愛い恋人ができて、子犬なんかが生まれると、二人ともやっとタロ自身の幸福を与えてやれたと安心できるのでしょう。

それではそろそろ時間となりました。またの会う日を楽しみに。皆様ごきげんよう。

LYNX ROMANCE

罪《とが》人《びと》たちの恋

火崎勇　illust. こあき

本体価格
855円+税

母子家庭の信田は、事故で突然母を亡くしてしまう。葬儀の場に父の遣いが現れ、信田はヤクザの組長だった父に引き取られることに。ほとんど顔を合わせることのない父の代わりに、波瀬という組の男に面倒を見られる日々を送ることになった信田。共に過ごすうち、次第に惹かれ合うようになる二人。しかし父が何者かに殺害され、信田は波瀬が犯人だと教えられる。そのまま彼は信田の前から消えてしまい――。

LYNX ROMANCE

青《あお》いイルカ

火崎勇　illust. 神成ネオ

本体価格
855円+税

交通事故で足を骨折した会社社長・樹の元にハウスキーパーとしてやってきたのは、波間という若い男だった。最初は仕事が出来るのか訝んでいた樹だったが、その完璧な仕事ぶりから、波間は樹にとって手放せない存在になっていく。波間の細かい気配りや優しさから、波間に惹かれた樹は、彼と恋人の関係に持ち込むことに成功する。そんな中、会社役員の造反から、樹の会社が存続の危機に陥ってしまい…。

LYNX ROMANCE

秘《ひ》書《しょ》喫《きっ》茶《さ》 ービジネスタイムー

火崎勇　illust. いさき李果

本体価格
855円+税

亡くなった父の跡を継ぎ社長となった鮎川は、社内の反対派に無能な秘書を付けられてしまう。秘書の仕事まで自分でこなし頑張っていた鮎川だが、次第に疲れが見え始めていた。そんな時、秘書喫茶を紹介され足を向けた鮎川はそこで大倉というモデルのような人物に出会う。有能すぎる大倉を最初はお試しでプライベート秘書として雇うことにした鮎川。だが、仕事の出来る大倉と毎日過ごすうち、鮎川は彼に惹かれてゆき…。

LYNX ROMANCE

秘《ひ》書《しょ》喫《きっ》茶《さ》 ーレイジータイムー

火崎勇　illust. いさき李果

本体価格
855円+税

アメリカでミラーという老人の秘書をしていた冬海は、彼の外子である真宮司と恋に落ちた。しかし、ミラーから真宮司が、冬海とミラーのどちらを選ぶかという賭けをさせられ、冬海は負けてしまう。そのことがきっかけで真宮司と別れ、帰国した冬海は、賭けの代償として貰ったお金で、秘書と出会えるカフェ―秘書喫茶を開く。店は軌道に乗っていたが、突然真宮司が現れ、秘書を寄越して欲しいと依頼してきて…。

LYNX ROMANCE

カウンターの男《おとこ》

火崎勇　illust. こあき

本体価格
855円＋税

バーテンダーの安積は、自分の店の前で怪我をして倒れていた、ヤクザ風の男をなりゆきで助けてしまう。手当ての後、男は財布だけを残し姿を消した。しばらく後、仕事中に客から言い寄られて困っていた安積の前に、助けた男が姿を現す。困った安積は、蟠蛇と名乗るその男に恋人のフリをして欲しいと頼み、しばらく仮の恋人ということになった。しかし、恋人のふりを続けるうち、安積は蟠蛇に惹かれていき…。

LYNX ROMANCE

優《やさ》しい痛《いた》み 恋《こい》の棘《とげ》

火崎勇　illust. 亜樹良のりかず

本体価格
855円＋税

照明器具デザイナーである蟻田は、仕事相手である斎藤に口説かれ、恋人となった。しかし気が強い性格の蟻田は、素直に斎藤に甘えることが出来ずに悩んでいた。そんなある折、斎藤に誘われ、蟻田はオフィスを移ることにする。日中、斎藤にいつでも会えるようになると喜んでいた蟻田だったが期待は裏切られ、生粋のゲイである斎藤狙いの男たちが、オフィスの中に沢山いて…。

LYNX ROMANCE

ブルーブラッド

火崎勇　illust. 佐々木久美子

本体価格
855円＋税

アラブの小さな国の王子であるイウサールは、子どもの頃出会った八重柏という綺麗な男に恋心を抱き告白した。その返事の「大人になってもまだ好きだと思ったら、自分のところにおいで」という彼の言葉を信じ、イウサールは数年後、日本にいる叔父のマージドを頼って訪日する。変わらず美しかった八重柏に改めて告白し、イウサールは彼を抱こうとしたが、なぜか逆に組み敷かれ、抱かれてしまい…。

LYNX ROMANCE

ブルーデザート

火崎勇　illust. 佐々木久美子

本体価格
855円＋税

スポーツインストラクターで、精悍な面立ちの白鳥卓也。従兄弟の唯南に頼まれ彼の仕事に同行した卓也は、アラブの白い民族衣装に身を包み、鷹のような黒い瞳を持つ、マージドと出逢う。仕事の依頼主で王族の一員だというマージドの話し相手を務めることになった卓也だが、彼から口説かれ、二人きりで行動するうち、徐々に惹かれていく。そんなある日、マージドの国の後継者争いに巻き込まれ、卓也は誘拐されてしまい——。

この本を読んでの
ご意見・ご感想を
お寄せ下さい。

〒151-0051
東京都渋谷区千駄ヶ谷4-9-7
(株)幻冬舎コミックス　リンクス編集部
「火崎《ひざき》 勇《ゆう》先生」係／「角田《つのだ》 緑《りょく》先生」係

リンクス ロマンス

ワンコとはしません！

2014年1月31日　第1刷発行

著者……………火崎《ひざき》 勇《ゆう》
発行人…………伊藤嘉彦
発行元…………株式会社　幻冬舎コミックス
〒151-0051　東京都渋谷区千駄ヶ谷4-9-7
TEL 03-5411-6431（編集）
発売元…………株式会社　幻冬舎
〒151-0051　東京都渋谷区千駄ヶ谷4-9-7
TEL 03-5411-6222（営業）
振替00120-8-767643
印刷・製本所…株式会社　光邦
検印廃止

ISBN978-4-344-83027-1 C0293
Printed in Japan

幻冬舎コミックスホームページ　http://www.gentosha-comics.net